dirigée par
Gilbert La Rocque

Monique LaRue

LES FAUX FUYANTS

roman

QUÉBEC/AMÉRIQUE

450 est, rue Sherbrooke, Suite 801,
Montréal, Québec, H2L 1J8
Tél.: (514) 288-2371

TOUS DROITS DE TRADUCTION, DE REPRODUCTION
ET D'ADAPTATION RÉSERVÉS
©1982 ÉDITIONS QUÉBEC/AMÉRIQUE

DÉPÔT LÉGAL :
2ᵉ TRIMESTRE 1982
BIBLIOTHÈQUE NATIONALE DU QUÉBEC
ISBN 2-89037-114-X

à n.r.

Du même auteur
La Cohorte fictive, l'Étincelle, 1979.

« Que tout te soit bon et serve à ta fuite. »

Euripide

PREMIÈRE PARTIE

Départs

1

J'avais seize ans
j'pensais tout croche
j'savais qu'le temps
c'est comme d'la sloche.

C. Beausoleil

On n'a pas dit bonjour, on s'en va, merci pour tout et tout, rien du genre. Pourtant on ne lui en veut pas, à elle, on aura beau dire. Elle a toujours fait ce qu'elle pouvait du mieux qu'elle a pu, toujours pris pour nous deux, même au pire du pire. Elle était bien de notre bord, du même côté que nous malgré les apparences dans le tourniquet, dans le grand carrousel de la famille. Mais elle s'est révélée décidément trop vieille. Sur la galerie d'en avant, dans sa chaise d'osier, recroquevillée comme un oiseau, lovée au creux du dossier large, une petite robe foncée et une flanelle au cou, si fragile dans le vent qui souffle son grand souffle. Beaucoup trop vieille pour nous. Une vraie carcasse, séchée, jaunie. La peau toute plissée au ras des os, comme du Saran Wrap violet. Momie, mannequin en état de choc. Ultra-

Violette, qu'on l'appelle depuis quelque temps, pour
rire, tellement on a peur. Ultra-Violette, sous son nom
de jeune fille Florence Pelletier, sous son nom d'épouse
Madame Aldéric Hubert, c'est notre grand-mère maternelle. Une manière de contre-abandon truqué, si on
veut. Un alibi qui ne trompe personne, même pas Zella,
encore moins Maurice. Et ça ne s'avale pas comme du
nanane rose, comme du pouding instantané Jello, un
Cherry Blossom, une O'Henry, tout ça. Alors, point
final qu'on s'est dit. À la ligne !

C'est fait. On vient d'émerger du fleuve noir du
mélo de notre tendre enfance, vague à l'âme. Par un
effort longtemps exaspéré on vient de sortir de là, de se
hisser sur du terrain sec, nous les jumeaux dépareillés,
enfin arrivés après un temps de gestation record, et ça
se saura bien un jour tout ça. Il faudra bien que ça sorte
sous forme de mots, vu qu'Élodie — ma sœur, mon
inverse, mon goulot, mon entonnoir — Élodie n'est pas
et n'a jamais été douée de la parole. Et ça, on dira ce
qu'on voudra, il y a bien des raisons derrière, et tous les
systèmes pour les chercher, évident. Ça ne change rien :
Élodie n'a jamais prononcé les mots d'origine, papa,
maman et tout ce qu'on apprend à dire. Ça ne lui sort
pas de la bouche, elle ne veut pas, elle ne peut pas. Ça
grommelle, ça borborygme, ça s'étrangle, ça se mélodie,
mais ça n'est jamais sorti en paroles.

C'était minuit moins cinq à l'horloge de la vie-mort,
le temps ou jamais, c'est clair, de trancher pour une
césarienne puisque l'avortement n'a pas eu lieu, ni la
fausse-couche pourtant plausible, et qu'on est définitivement vivants, nous voilà. Qu'est-ce qu'on peut faire à
ça ? On ne peut tout de même pas végéter toute une vie
dans l'atonalité et l'hébétement mental, on ne peut pas
accepter simplement de pourrir. Il faut bien grandir,
quand on est vivant. Il était minuit moins cinq, et plus
que temps de décider entre la surface et le fond. *Agir.*

Faire face. Une seule façon de gagner. Toujours moyen d'en sortir.
Ne pas jouer perdant. Survivre. Du temps qu'il était là,
Maurice. Façon de parler. Parfois. Il marmonnait, une
habitude, ce genre de phrases qui restent utiles,
apparemment. Alors on s'est décidés aveuglément, ça
aura au moins donné ça, tout ça. Pour le moment.

Finie la désoccupation. Avachis, drogués d'herbes
vertes, tous les deux saouls dans l'odeur tiédie des
Molson décapsulées, à se ronger les ongles comme des
débiles affectifs, des moins que rien, des futurs zéros.
Maman qui a encore bu. Maurice quand il s'était fait couper les
cheveux et qu'il avait maigri de cinquante livres pour qu'on ne le
connaisse plus. Maman avait encore trop bu. Chambranlante, les
mains couvertes d'eczéma, est-ce qu'elle pense qu'on ne s'aperçoit pas
de son drôle d'air vague? Nous dans la chambre bleue on regarde les
Walt Disney, l'ogre, le Petit Poucet, on ne dit rien, on a un peu
peur, on joue tranquilles avec nos minibrix, on rit. C'est sûr qu'on
a tout ce qu'il faut pour s'amuser pourtant. Ce qui nous inquiète est
un secret. On ne sait pas bien pour qui il faut prendre, ce qu'ils
nous préparent encore comme surprise, avec qui on partira le
moment venu. Le mieux serait Ultra-Violette l'ultra-douce. Maurice
et maman font des fous d'eux-mêmes. Maurice va encore s'en aller
pour un mois. Moman va encore oublier notre souper. Maurice va
partir, Moman va repartir. Qui est-ce qui va faire notre souper?
Bad trip.

Fini de passer le temps à nous arracher les peaux
sèches du bout des doigts jusqu'à ce que ça fasse mal
très mal, jusqu'au sang, le désœuvrement, jusqu'à la
lymphe qui rosit à l'intérieur. Car ça n'arrête pas de
mirer, moirer, miroiter dans nos têtes, la swamp douce-
amère où on a clapoté cheveux flottants comme des
nénuphars pendant des années. Voilà pourquoi on a
décidé d'abandonner tout le butin de mari, de hash, sans
prendre la peine de le refiler aux faux cools du parc
Laval. On en trouvera bien en route, des herbes. Le
temps presse. Question de survie. Les pots et la culture

vont rester sur leur tablette dans le solarium. Les freaks et les enfants d'école se passeront bien de nous. On n'a même pas averti Line et Kouli, nos cousins, nos copains, au comptoir où on a l'habitude d'aller niaiser en mangeant des banana splits et en riant des propriétaires qui chicanent leurs enfants toute la journée devant la télé toujours ouverte. Décapotage, la vie !

On émerge, amphibies, les nageoires couvertes de boue, de mucus, de bave, du lac de lait doux où ils nous ont oubliés, tout simplement. Faut l'faire. On déchire l'ouate, le cocon humide qui a quand même réussi à nous toucher c'est sûr, et quand on pourra enfin ouvrir les yeux pour voir nos doigts fripés, nos ongles longs de bébés indûment prolongés, quand on pourra pour la première fois emplir d'air nos poumons qui ont jusqu'ici fonctionné aux larmes alcoolisées de la famille, peut-être qu'enfin le cri du nouveau-né pourra jaillir en rythmes de la gorge d'Élodie, sans briser trop de tympans durcis par la vie-mort.

À lyrer comme une cithare hindoue, ma sœur, ses cheveux longs frisés sur son dos comme des serpents d'eau, sa peau de fillette fleurie de boutons mauve punk, sa blouse ancienne tachée d'œuf, Élodie-Mélodie mon oreillette ventrale me lancine dans la pénombre de la cuisine en mélodiant les Rolling Stones. Les assiettes encroûtées, galeuses, pleines de nourriture étrange qui pue, nous découragent. Mais on ne se découragera jamais.

Plus un seul couteau utilisable. Je dis bien : utilisable. Même plus de granola ni de miel-naturel-de-trèfle-vieux-Kébec dans la dépense, où commencent à rôder les coquerelles, les araignées malignes. *Araignée du matin, chagrin. Ultra-Violette jacassait comme l'oiseau dans sa cage, brodait le jour de proverbes vétustes, trottinait au chaud, dans la grande cuisine aux odeurs de soupane. Elle nous servait dans des bols ébréchés, on aimait le dessin mauve. Une scène de campagne anglaise dessinée à la plume sur la porcelaine. On buvait, elle arrosait ses fougères, leur parlait, doux murmure, gentille, velours, grand-mère-mère, sans grandes-oreilles-grandes-dents-grande-BOUCHE!*

Mais maintenant, qui s'occuperait donc de nous? Même à la Pizzeria Dei Angeli, ils ne veulent plus nous voir. Trop fumé. Stones. Gelés dur. Cloués au sol, rivés à la maison Usher. Il est temps que ça cesse, on va voir ce qu'on va voir. On ne se découragera jamais. Ultra-Violette souffle de plus en plus court dans sa chambre, ses cheveux bleu néon comme un nuage en auréole de mort. Les médicaments la ratatinent, la droguent dans la pénombre. Ça sent le moisi dans sa chambre. Ouvrir les portes, sortir d'ici. On dirait qu'un grand souffle qui ne se voit pas vient chaque jour lui plisser, sécher un peu plus la peau sur les os, comme du Saran Wrap violet. Ses yeux ne nous voient plus, ils ont perdu on dirait le reflet minimal qu'il faudrait pour qu'on n'aie pas la chienne que d'une minute à l'autre son souffle la quitte, se jette sur nous, qu'on reste pris avec un cadavre sur les bras, beaux innocents! Un fantôme froid, un spectre qui nous enveloppera, nous saisira de ses bras pour nous surgeler, nous sécher à sec comme les peanuts Planters.

On a regardé en cachette une dernière fois la couleur du corps plissoté, parchemin jaune, *des suites d'une longue maladie* comme ils écrivent dans les journaux. On a vidé le pot, tapoté les oreillers de plume et soie tout sales, on a pris le carnet de chèques du Royal Trust signés d'avance, on n'est pas des fous on n'est pas si niaiseux que ça. On n'a rien dit, on est partis, la lumière filtrait juste des stores vénitiens.

Bye Bye. On ne peut plus rester franchement, on étouffe, le soir. On a peur de toi. Ton respir d'outre-

monde siffle sous la porte, on se bouche les oreilles avec
des boules de cire. Les planchers craquent comme dans
les films, Élodie-Mélodie a dans les yeux l'idée fixe que
tu vas crever chaque nuit — lèvres mauves, yeux cuits
dur, face aiguë, crâne coco. Et qui est-ce qu'on appelle-
rait, hein, à qui rapporter ça, nous autres, que la vieille a
levé les pattes toute seule dans sa chambre *laissant dans le
deuil ses cinq filles et leurs maris, un dentiste, un pharmacien, un
psychiatre, un avocat, un professeur d'université*, aucune bien
sûr n'aura été là. Je les connais.

Pas responsables de ça, nous autres, ni de rien au
monde, après tout. On ne veut rien savoir de leur bad
trip. Pas notre problème, pas de nos affaires. On n'a
jamais demandé l'heure à personne, on s'en va. La caisse
de Napoléon vsop est à côté du lit, et ça peut durer
longtemps encore, probablement, le ronron brandy-
café-pilules. Tranquille dans sa chaise d'osier coussinée
en vieux rose, à macérer en égrenant ses chapelets de
nacre ou de cristal de roche, la vie-mort peut continuer
longtemps à filtrer dans ses veines, je suppose. Au
ralenti, dans son cerveau, les éclairs cathodiques doivent
se produire maintenant tout de travers, de moins en
moins réguliers. Ça me rappelle le film, à la tévé, l'autre
soir, un accident, blowé, dans le désert de la Mort
californien. Ou les carambolages décapotés de cascadeurs,
qu'Élodie-Mélodie prend plaisir à court-circuiter au
déclic du câblo-sélecteur, dans la nuit violette ionisée
par les reflets vidéoscopiques des émissions américaines.
Décapotage.

Et tant mieux qu'on l'ait eue notre vision, notre
éclair, la bouffée d'air d'un instinct qui survient, qui
s'acharne, c'est peut-être ça. Au moins que ça serve à
quelque chose, le printemps, la belle jeunesse. Parce
qu'à force *d'identification*, comme dirait ma tante Clorinne
qui venait nous voir une fois de temps en temps — elle
répète toujours *ils font pitié, encore !* — on était partis loin,

dans le mauvais sens, ma sœur et moi, doucement soufflés par les herbes sèches échangées avec les bums du Rialto Tavern. À rebours du temps, aspirés dans le souffle mauve de la grand-mère sur chaise branlante à laquelle ils nous ont prétendument confiés, s'entendant au moins là-dessus dans leurs patouillages risibles, tous les deux. S'entendant sur ça comme sur le reste, au fond, pour nous éliminer, les vaches de vaches. Ont décidé de vivre leur vache de vie, qu'ils disent, et sans nous deux, les monstres. Alors watch out, Élodie-Mélodie. Ma jumelle, ma muette, mon miroir égratigné : c'est un départ, un vrai ! Les microbes sortent du laboratoire, une vieille tante maléfique a ouvert les éprouvettes. Les bactéries viables s'évadent dans le grand monde du vrai, c'est parti, ça y est. Prends tes runnings, j'ai crié ce matin, Élodie. Il fallait ça pour nous décider, ç'a l'air.

Ça, c'est-à-dire : une liasse de papiers, découverte par hasard. Bien sûr, ça ne se peut pas. Plutôt la négligence volontaire de quelqu'un. Clorinne probablement. Un oubli de sa part, pour nous donner envie de quelque chose. Pourquoi pas, ça marche : un indice, vrai ou faux quelle importance, pour twister la mélasse noire de notre vie, nous aspirer ailleurs. Voilà ce qu'elle aura probablement voulu nous offrir en douce, la tante Clorinne, la bonne marraine !

Clorinne, ma sœur, j'ai longtemps hésité entre la vie et la mort. La vie, je l'ai donnée à deux enfants, tu me diras. Et moi je réponds que je ne peux plus supporter de leur donner la mienne. Avons-nous vraiment à faire ça ? Depuis le départ de ton beau-frère, je n'ai pas le courage de l'appeler mon mari, leur père, car tu crois, j'espère, que malgré ce qu'il a prétendu c'est bien lui, hélas, leur père, j'ai surnagé comme une chatte en folie au milieu du lac de douze milles de tour que tu connais aussi bien que moi. Les bouées, il n'y en avait pas pour tout le monde. Je sais maintenant une chose, et j'ai beaucoup souffert, tu sauras, pour la connaître : ou bien nous coulerons à pic tous les trois, moi la première je les entraînerai au fond de l'eau, ou bien je fais comme le père du Petit Poucet, qui n'avait pas le choix lui non plus : je les abandonne dans la forêt, et j'ai bien vérifié qu'ils n'aient pas de miettes de pain pour retrouver mon chemin tordu. Je me sauve et je sauve ma peau. J'ai pris mes précautions, vous ne me retrouverez jamais. Un move incroyable. Je n'ai plus peur. Tu sais d'ailleurs, malgré tes mamourages hypocrites, Clorinne, que la maternité pourrait bien n'être qu'une façon moins drôle que d'autres de penser à soi. Le serpent se mord la queue en enlaçant ses petits. Il n'arrive plus à se voir dans le miroir qu'il a bien voulu engendrer. Mais l'a-t-il voulu ? Trêve. À jamais. Ne me cherche ni ne me fais chercher. Invente ce que tu veux.

Zella

Il y avait d'autres écritures, dans le tiroir dérobé du buffet acheté par mon grand-père il y a longtemps, quand tout allait bien, quand tout le monde était obéissant. Des lettres démentielles de Maurice, datant de bien avant son départ, se plaignant d'incroyables félonies de sa part à elle, intéressant à vérifier, tout ça nous concerne qu'on le veuille ou non, et on n'a pas eu grand-chose à VOULOIR, de toute façon. Les bouts d'une sorte de journal intime, capoté, paranoïaque, qui feraient blanchir d'angoisse le plus froid des psychiatres. À plus forte raison moi, le fils de la famille, qui n'éprouve aucune angoisse, d'ailleurs. Absolument aucune. Des lettres et une carte de visite : *Docteur D. Lavigne, psychiatre,* justement. Docteur Lavigne inconnu à cette adresse, m'apprend le retour du courrier. Le numéro de téléphone est périmé, lui aussi : c'est un Anglais qui a répondu. Tout de même je n'ai rien brûlé, ni déchiré le tout en morceaux comme il aurait convenu. Sur une enveloppe oblitérée, l'adresse de retour : *Saint-Cliboire, P.Q.* Les pistes, je suppose, doivent commencer là. Là ou ailleurs, de toute façon !

Nous voici donc dans la rue. Nos jeans, nos bottes Frye qui coûtent cher, notre pack-sack vide. Journée idéale pour survivre. L'érable est joliment noir sur fond pâle, toutes branches jaillies avec leurs aspérités accrochantes. On respire fort cet air pas humanisé pour la peine, résistant aux odeurs, aux fumées, parfaitement léger. On se regarde. Dehors, c'est le dégel, aussi.

On décide de changer de style nutritif en tout premier lieu. Je nous dirige allégrement vers un Big-Mac-spécial-dressing-graines-de-sésame-naturelles-naturelles, un câssot de frites infrarouge et deux root beers magiques avec cubes de glace, présentés automatiques sur plateau plastique par minuscule teen-age vietnamienne. C'est plein de gens comme nous, faut pas s'en faire avec ça. Rien là, man, comme on disait, au cégep du Vieux. Ils mangent la même chose. Tous. Il est midi. *Araignée du midi, souci.* Les enfants viennent ici en sortant de l'école, c'est tellement moins compliqué quand les mères travaillent, c'est vrai. Un autre Vietnamien nettoie sans cesse le plancher dallé avec une eau qui sent fort et qui fume. Je dis bien, sans cesse. C'est pas des farces. On vient de quitter définitivement le tapis mur-à-mur et le living-room en nutty-pine. Les néons sont lumineux, la musique sonne imbécile, le grand M jaune resplendit d'optimisme, bonhomme.

2

Ils n'ont pas dit *bonjour, on s'en va, merci pour tout et tout,* rien du genre. Ce n'est pas qu'ils lui en veulent à elle ou à quelqu'un d'autre, ce n'est pas seulement ça. Mais comment pourraient-ils avaler ça comme du nanane rose, du pouding à la vanille Jello, un Big Mac, une frite éclair, une root beer magique, un verre de lait, même glacé ?

C'est fait. Ils viennent d'émerger du fleuve noir du méli-mélo de leur vague à l'âme d'enfance. Ils marchent. Comment dire ? Ils ont enfin coupé le lien, la maison, la grand-mère. Ils croient pouvoir aller au bout de leur vie, pourtant ils ne pensent pas. Ils partent. Leur détermination pour le moment est féroce et avide. Survivre. Ils croient pouvoir s'échapper, d'une certaine façon. Ça toucherait, même, de les voir aller comme ça. Ils marchent sur un rond-point, une autoroute à péage, des viaducs. La plaine n'est jamais nue devant eux. Ce n'est pas un espace pour marcher. Ils ont toujours vécu en dedans. Ça semble inabordable. Ils marchent.

Montréal s'estompe. Que c'est boueux, Montréal, fin d'hiver. Les garages se mettent à s'aligner, avec les

pompes à essence. Des cheminées d'usine quadrillées
rouge et blanc. Et ainsi de suite. Ils n'ont jamais rien
regardé de différent. Ils ne pensent pas. De grosses
vannes les ébranlent. La boue s'est accumulée longtemps
sur la rampe d'acier qui borde la route. On peut se perdre
dans le nouveau aussi. Ils ne connaissent que des
pigeons, des fourmis, quelques moineaux. Des rues
tranquilles aux arbres grêles, aux pelouses bien tondues
chaque samedi de l'été : mer morte de tranquillité. Mais
enfin un paysage. L'extérieur. Ils marchent. Des routes
convergent. Des échangeurs immenses. Pas de trottoir
prévu. Les vannes lancées à toute vitesse dans la boue
glissante les aspirent. Des habitations cubiques. Toujours
une lettre manquante sur les affiches de réclame
ionisées. *Vacancy. No vacancy. Texaco. Spur. Gaz. Ultramar.*

Puis une sorte d'apocalypse, au loin, dans l'extrême
Montréal-Est. Ils se rapprochent, ouvrent les yeux,
clignent les paupières. Des flammes jaillies du pétrole
en raffinage, et l'odeur, un autre monde, en vérité,
comme soufflé. Réservoirs pleins pour les Dodge,
Toyota, Datsun, Lada, qui ciculent dans l'odeur soufrée,
l'air opaque. Tuyaux et cornues gigantesques, branchés,
connectés. Ils se hâtent, dans l'étrange tableau moderne
qui se profile comme une esquisse dans l'atmosphère
laiteuse.

Ensuite, des bungalows normaux. Ils poursuivent.
Ils commencent à goûter le soulèvement cadencé des
pieds, le balancement rythmé des corps, le monoxyde de
carbone dans leurs narines déjà échauffées par la sniffe,
la coke, les poppers. Adrénalisation des tissus, une sorte
d'hypnose. Ça les perd. Des restaurants avec parkings.
Montréal est maintenant loin derrière. Ils se retournent
et voient le profil urbain. Ils commencent à discerner.
Une vue sur la ville. Grise sous le ciel bas. Le mont
Royal où les buildings s'agrippent. Les lignes fuient. Ils
commencent quelque chose de si hasardeux. *Ils sont*

l'arbitraire incarné. L'espace s'agrandit. Ils ne voient pas de
fin possible, après tout. *Pas encore.* Ça se découvre,
devant eux. Ils ne pensent pas, ils voient. Très loin, les
montagnes pelées, en profil doux. C'est une route vers
le Nord. Ils s'y engagent. Ils marchent encore. Où aller,
autrement ? La neige commence à tomber.

Ils n'avaient pas prévu cette neige, ni rien de ce qui
arrive. Que pourraient-ils prévoir d'autre que leur
mémoire ? Tout arrivera, tombera comme un cheveu
sur la soupe, un flocon sur le sol. Le soleil s'était voilé
depuis un moment déjà. Un éclairage ambre, mauve,
forçant leurs pupilles à se rétrécir. Les flocons hallucinent
de plus belle. Ça plonge sur eux à toute vitesse. Ça
pince, ça mouille, ça siffle, sur la bretelle de l'autoroute
où ils s'engagent, minuscules. Ce n'est pas un espace
pour marcher. Les chauffeurs les frôlent en craignant le
coup de frein. *Slippery when wet.* Des grues statufiées
dans les chantiers, en contrebas. Des hommes-fourmis
casqués de jaune. Un étrange automate humanoïde les
dépasse et vient agiter un stop rouge sous leurs yeux.
Ça s'élève, ça aveugle, ça fouette, la neige qui s'amplifie.
Ça les encercle et ils ne sont plus que flocons, on dirait.
Élodie, du moins, petite fille en suspension. Elle a cessé
si tôt de grandir — arrêt de croissance — bloquée dans
l'âge, osseux et mental. Miniaturisée. Ils marchent. À
travers les virevoltes neigeuses. S'établit avec une lente
progression le silence. Blanc.

*   *   *

C'est ainsi qu'elle pourrait les imaginer, elle, leur
mère, loin de là, dans un tout autre climat, sous de tout
autres éclairages, dans la Californie-mod où elle a fini
par s'incruster. Elle sait trop bien pourquoi cette fugue.
La sombre demeure de l'enfance ! Elle le sait exactement
puisque, bien avant eux, elle s'est enfuie, aussi. N'a-t-
elle pas assisté à chacun des après-midis indélébiles

s'inscrivant dans cette chambre d'enfants où traînèrent
tant de jouets naïfs — nounours, hochets, blocs colorés
vifs. Toutes ces imaginaires constructions à deux, dans
le jargon d'une enfance qu'elle a omis d'écouter, absente,
vide des heures durant ! Ça fuit, maintenant, ça ne se
rattrapera jamais. *L'ennui. Des journées d'ennui !* Elle n'a pas
vu se faire et se défaire le réel, sur eux. *Une intelligence qui
se construit.* Pourtant elle ne peut nier qu'elle sait. Cela,
elle ne pourra jamais l'effacer. S'en laver les mains. Elle
n'a rien oublié des atmosphères, à jamais révolues,
qu'elle n'a pas éloignées de ce paysage intérieur. Elle ne
pourra. Jamais. *Ce n'est pas votre faute.* Elle imagine.
Allongée au soleil, un journal à la main, elle pleure.
C'est l'été. Pourtant, dans la Californie splendide, le
vent souffle et lui dresse les poils sur la peau. Le journal
date de six mois. Elle ne sait pas comment il lui est
parvenu là, dans cette chambre blanche, en bordure du
Pacifique. Elle lit, elle a peur.

*Deux adolescents, un garçon de dix-neuf ans et sa sœur
jumelle, répondant aux noms de Klaus et Élodie Tremblay, sont
disparus depuis une semaine du domicile familial où ils
habitaient seuls sous la garde de leur grand-mère depuis
plusieurs années. La police ignore pour le moment où se trouvent
les parents. On ne sait pas non plus où se cachent les fuyards.
Ils auraient été aperçus, la dernière fois, lundi dernier, juste
avant la tempête, dans un restaurant de fast-food. C'est une
tante des jumeaux, Madame Clorinne Bélanger, qui a donné
leur signalement à la police. Celle-ci dit avoir trouvé, dans le
sous-sol du duplex, des provisions, peu abondantes, de mari-
juana, de cocaïne en poudre, de champignons hallucinogènes,
ainsi qu'une série de pots utilisés, présumément, pour la culture
du cannabis. On ne sait pour le moment rien de plus sur cette
mystérieuse disparition. Toute personne susceptible de connaître
des détails sur cette affaire est instamment priée de communiquer
avec la police dans les plus brefs délais.*

Elle a lu. Elle relit. Et voilà qu'entre librium et valium, devant les alignements affolants de tranquillisants, pour la première fois depuis des années, le réel perce la brume mentale. Les mots se remettent à signifier. Cela apparaît. Elle se rappelle tout à coup ce que parler veut dire. Le réel. Ses enfants. Et puis un cri, un cri monocorde venu du ventre, un tel cri. Même une dalmane, une sérax, une halcyon, une 222, dans ce cas...

3

Enfin arrivés dans la réalité, on n'a pas pris la peine
d'accommoder. On s'est placés tous les deux sur le
bord de la route et on a sorti le pouce, comme prévu.
Élodie-Mélodie s'est mise devant moi, et ça n'a pas pris
de temps. Comme prévu, le camion s'est arrêté. Pour
monter, il a fallu que j'aide ma sœur. Elle s'est assise au
milieu, entre moi et lui.

On ne connaissait pas ça, nous deux, un camion
routier avec des bébelles qui pendouillent en avant. Une
bottine de bébé balancée au bout d'un lacet bleu ciel.
Une queue de raton laveur, une fille en plastique qui se
cache les seins. Vitesses au plancher, la radio grésille.
Lui-même marmonne — on entend sans arrêt *Over Over
Over*. Fume des Export A, ne demande rien du tout.

Élodie me rentre les ongles dans la peau. La cabine
est énorme, fenêtre panoramique, un véritable salon
roulant. La neige féroce fonce sur le pare-brise.
Tourmente démentielle du retard du temps. Rien ne
pourrait faire déraper une grosse vanne comme ça. Des
pneus à toute épreuve. Un bolide sur la surface glissante
de la route. Nous à l'intérieur. Ça me rassure, un tour

de camion. Le laitier nous laissait monter parfois, petits.
Le moteur est plutôt silencieux. Ça s'épaissit, ça prend,
on dirait, le tourbillon. Ça engourdit, ça éloigne. Une
sorte d'hypnose. La neige a aboli les dimensions, on
roule à haute vitesse, tout s'égalise. Le type ne dit
toujours rien, ne jetterait même pas un coup d'œil de
notre côté. Il regarde fixement la route qui défile, et
c'est à croire qu'on n'est pas là, encore une fois. Élodie
se regarde dans le rétroviseur. Je vois les mains du type
sur le volant — et les grosses bottes de cuir jaunasses, le
windbraker en nylon matelassé, le tee-shirt *La belle
Province* fleurdelysé, la chevalière à faux rubis au doigt,
la montre digitale au poignet. Son silence peu poli ne
m'incommode pas autant qu'il doit achaler Élodie, on
file. La neige du printemps fond, mouille, slotche,
revole, splache, avec des bruits liquides. Nous voilà sur
le vaisseau-fantôme du Prince du grand livre Rouge et
Or. On fonce dans le tourbillon, irréels, conduits par
l'inconnu de l'autre monde. On y croyait, petits, c'était
possible, un autre monde.

Puis on quitte l'autoroute, le vaisseau ralentit, le
flasher clignote, on entend le tic-tac électronique et sur
la gauche, en lettres rouges qui rosissent le blanc, c'est
écrit : TAVERN. On s'arrête. Élodie me regarde. Le
gars fait signe qu'elle attende dans le camion. Moi, je le
suis. Aussitôt assis sur la chaise vernie, des signes
s'échangent, les verres s'alignent. Muets. Je bois. Je sais
déjà ce que c'est, l'alcool. Je bois aussi vite que je peux.
Une grande soif qui s'apaise instantanément. Le type
met du sel sur la mousse. Rumeur sourde, silence buté,
hommes à ventre. Fumée. Télévision perchée haut. Il
doit y avoir un pusher ici. Je regarde notre samaritain
qui engloutit systématiquement ses drafts. Mes veines
se réchauffent, ça se répand partout.

Quand il a fini il me passe la main dans les cheveux.
Parti pisser, en tout cas c'est ce que je déduis. Et une

chance que je le guettais au retour, je me demande s'il m'aurait averti qu'il repartait. Il a payé pour moi. On sort. Il me précède, gigantesque, il me rapetisse, comme Alice dans un livre qu'on aimait bien aussi, Wonderlands! On revient vers le camion, Élodie nous a attendus tranquille en fumant un joint, ça sent. On a dû boire cinq ou six verres en tout. Le soir tombe, et moi je me demande de moins en moins où on va aboutir, je m'en fiche, je relaxe. On quitte le village. Je m'étends les jambes sur celles d'Élodie qui bat doucement du pied, les yeux vert vague. Les néons s'allument, les cabanes à patates frites s'estompent dans le noir. Vue comme ça le soir, d'une fenêtre panoramique de camion moderne, sous l'éclairage orangé fantastique des lampadaires aux abords des postes de péage, l'autoroute pourrait bien traverser le mid-ouest américain, longer la côte Pacifique, je rêve, je caille, je déboule dans l'Amérique, je m'endors, Élodie fait comme moi, c'est naturel.

Quand on se réveille il fait noir comme chez le loup, mais qui a encore peur du méchant loup des trous noirs? Le camion vire encore une fois à gauche, adroitement manœuvre dans le peu d'espace entre deux vannes mammouthesques. Dix centimètres de jeu de chaque côté. Je me laisse impressionner. Je m'étire. Je pousse Élodie du coude pour la réveiller, elle a l'air ahuri, stone comme jamais. Le gars rentre sa chemise dans ses jeans. Ouvre la porte du camion et saute dans le froid. On le suit, on n'a pas trop le choix.

Pas un seul bruit dans la neige qui a fini de tomber, maintenant. On se dirige vers le restaurant de routiers, CHEZ RITA. Puis on perçoit les rumeurs disco à travers les vitres, embuées et carrelées artificiellement avec du tape blanc naïf, comme la maison d'Hansel et Gretel — décidément — dans le livre cartonné et illustré. Il y avait de la belle neige ouatée, aussi, sur le bord de la fenêtre

par où on voyait Blanche-Neige croquer la pomme
empoisonnée. Où est passée la sorcière ?

Ils sont attablés dans la chaleur, devant des couverts
en duralex fumé. Les portions sont énormes, les
serveuses ne sont pas vulgaires, plutôt épaisses dans
leur uniforme rose saumon exagérément court,
bonasses. La campagne. Café dans les pyrex sur le
réchaud à deux ronds, gâteaux à étages sous les cloches
de plastique égratignées. J'en demande un morceau au
chocolat, avec un verre de lait mousseux tiré du réservoir stainless. Le type s'est assis avec les autres pour
sucer un spaghetti aux tomates en ne levant pas la tête
de son assiette. Les autres ne m'ont pas vu non plus
mais ils ont apprécié Élodie, je les ai vus la voir. On
s'assoit au comptoir, on attend. Ils ne parlent pas. C'est
le juke-box qu'ils écoutent. On regarde les tables en
bois plastifié, le comptoir en arborite gris. On suit du
doigt les veines blanches, on joue à faire tourner les
tabourets. Élodie boit un coke de la fontaine, elle roule
un joint, je ne sais pas si c'est une bonne idée, ça va
sentir. On entend le film anglais à la télévision en
couleurs, on commence à prendre le beat. Je tripote le
sucrier à capuchon rouge, je vois les hommes s'échanger
des pilules blanches et des dollars.

Quand il se lève, on le suit comme des petits chiens
dans la nuit. On roule encore un mille ou deux sur un
chemin de terre, et nous voilà arrêtés devant une
maison mobile sur blocs de ciment, au tournant d'un
rang. On entend les déchirements de deux chiens-loups
qui halètent quelque part, pas loin. Nous voilà rendus
exactement où nous allions, constate probablement
Élodie qui ne se fie qu'au hasard. Elle aura bien vu le
panneau routier en passant, elle aussi.

Décapotage

4

Drinking. Sitting. Thinking. Sinking.
Les Rolling Stones

D ans leur mémoire automatique quelques traits à la sanguine, au marqueur indélébile : pocharde. Pochée. Pochade. Leur mère imagoïque. Hypnagogique. Ça revient, parfois. Toujours le verre de scotch à la main. Ou de gin. Ou de bière. Ou de vin. En vérité, Zella était allée jusqu'à boire du parfum, de l'alcool à imprimer qui servait à faire fonctionner une vieille machine, au sous-sol, du cirage à chaussures peut-être, tout le bataclan alcoolesque. Peu après la naissance des jumeaux elle avait claqué une dépression, comme ils disent. Elle était allée confier les bébés à une gardienne, dans le nord de la ville, une Italienne à qui on avait dit : *vous les ramènerez quand ils feront leurs nuits.* On la retrouvait dès midi couchée par terre. Elle buvait certains médicaments contre-indiqués. C'est son côté exagéré, hystérique, disait-on, dans la famille. Mais personne n'a vraiment connu les détails. *Quelque chose qui ne va pas. Depuis quand ?*

Dans la salle d'accouchement, anesthésie épidurale ratée ; lorsqu'on lui avait dit que l'autre était une fille, elle n'avait rien eu à répondre. Le travail durait depuis quinze heures déjà, on avait essayé les forceps, une boucherie, puis à la fin, quand on avait découvert qu'ils étaient deux, là-dedans, césarienne en vitesse. Et peut-être à ce moment l'impuissance à les garder plus longtemps à l'intérieur, les cris d'assassinée, Élodie sortie de force : *l'idée d'abandonner, déjà, à la naissance* ?

Son estomac desquamait, à ce rythme. Quand elle buvait, il lui arrivait de se mettre en colère. Elle buvait tout ce qui se boit. Sa peau bouffissait, se criblait de trous comme celle d'une orange. Elle était capable d'enfiler tout un quarante-onces, puis elle tombait raide. On l'avait retrouvée couchée par terre, ses enfants dans la marde à côté d'elle sur le tapis. *Pour le lait de la tendresse maternelle, repasser plus tard.* Pochée dans le reflet alcoolisé de sa vie dans l'aquarium. On avait essayé de ne plus en acheter. De barrer les portes des armoires. On la retrouvait inconsciente glissée sous les tables. Tout à la traîne dans la maison. *On ne lui laisserait plus les enfants.* La vaisselle jamais lavée, les lits défaits, la poussière sous les meubles. Avant de perdre l'équilibre elle devenait méchante, agressive. Elle disait des insanités. Elle se permettait une vulgarité insoupçonnée. Elle disait la vérité. *Tu délires.* Elle disait tout. *Tu divagues.* Elle criait. Elle gueulait. Elle dégueulait. Cela sortait en flots comme un trop-plein de whisky à l'eau. Elle prenait une telle violence de croisière, à force de boire tout ça.

Alors, comment peut-elle savoir si c'est Élodie ou son frère, ce bébé chauve dans la chaise haute dans la cuisine, vocalisant de toutes ses forces, s'époumonant, s'étouffant à force de se faire monter le cœur dans la gorge pour appeler, l'appeler, drainer un regard peut-être de ces yeux flous myopes qui fuient. Fuient. *Regarde-moi, où es-tu, tu n'es jamais là.* LÀ. *J'existe, ce n'est pas pour vous casser les oreilles que je crie, voyons, je vis, je suis* LÀ, *je pleure. Moi. Moâ. Moah-moah-moah. Si vous ne venez pas je vais mourir, c'est bien simple. Je suis un impotent qui crève dans deux heures si vous ne me faites pas boire. Vaches de vaches. Vous vous abîmez devant moi. Je vous vois vous entretuer de mots froids que je ne comprends pas, devant les tasses de café froid que vous vous obstinez à siroter dans la haine de vos interminables fins de repas. Je vous regarde, je le vois, tout ça. De quoi couper à jamais l'appétit. Je vois tout sans rien comprendre, je perçois. Ça pénètre jusqu'à la moelle de mes os mous comme du caoutchouc. Ça s'inscrit là, ça s'imprime. Et dans vingt ans je filerai les anorexies dégoûtées. Jamais plus je ne mangerai vos viandes hachées grises de samedis midis gris, gélatineux jambons rosâtres, omelettes baveuses, votre épicerie m'écœure. Mon œsophage s'étrangle pour toujours. Je suis mal lubrifié. Ça bloque, les miettes refroidies. Ça ne passera pas. Jamais. Même ton biberon de lait ne passe plus. Je le régurgite, je le rejette, je le dégurgite, je n'en veux plus. Tu ne me nourriras plus. Je ne mangerai rien de ce que tu me donneras, je ne veux plus rien de toi, je n'accepterai plus aucun de tes dons truqués, de tes faux cadeaux, de ton lait empoisonné, fausse amie, fausse amante,* SORCIÈRE. TOUCHE PAS. PAS TOUCHER.

Comment se rappellerait-elle si c'est Élodie ou son frère Klaus ce bébé de cinq mois, interdit dans sa chaise haute, suffoquant d'avoir trop crié et prostré là, catatonique, muet, rouge d'avoir trop hurlé dans le vide. Ne se souvient toujours que d'elle-même, angoissée par tout ce qui fonçait alors sur elle sans qu'on l'y ait préparée le moins du monde, ces bébés exigeants dont l'exigence ne pouvait que lui rappeler sa propre exigence insatisfaite à jamais, lui saper les dernières forces vives qu'elle aurait dû drainer pour panser son propre cœur à vif. On ne lui avait jamais parlé de ça. Sa mère n'aurait jamais osé lui dire ça.

Cela navigue, maintenant. Souvenirs, en fuite. Élodie ou son frère ? Bébé pris au tourbillon du délire en duo cyclique de maman-papa. Sabbat sans fin où il n'arrivera jamais à trouver de place. Bébé de cinq mois qui ne sourit plus sur la photo, on voit bien qu'il ne sourit plus du tout. Seul dans la cuisine pendant qu'elle, sans doute, devant les bouteilles hallucinantes, l'une après l'autre, à même le goulot, en douce et toujours, tranquillement et continuellement, le jour et la nuit durant...

Elle avait dû s'insensibiliser. Une sorte de mise entre parenthèses finalement malsaine du système. Un gel. Oui, c'est ça, probablement. Elle avait dû se désensibiliser de sa propre vie. Comme d'une allergie. Par doses progressives. Une sorte de mithridatisation ratée, pensera-t-il plus tard, plus tard encore, le bébé chauve qui rit jaune sur les grandes routes droites du Nord décapoté. Absorber le poison selon une certaine méthode. Elle buvait continuellement, whisky, cognac, parfum. Elle ne prenait plus la peine de s'habiller, coiffer, laver, articuler. Il avait fallu intervenir.

5

On pourrait probablement rester longtemps ici. L'arrangement fait l'affaire de tout le monde, apparemment. Élodie ne lyre plus, elle lave la vaisselle, fait à manger, balaie le plancher, repasse des chemises, tout ça en mélodiant les Stones, toujours les Stones. Élodie qui se lave et se maquille le matin, je n'en reviens pas. Essuie la table, ramasse les miettes de pain, depuis cette nuit noire où on est arrivés dans la roulotte cheap, et que j'ai vu le bouquet de roses en plastique, le cœur saignant du Sacré-Cœur, les filles toutes nues dans la toilette.

Dans le noir, pendant que je dormais, le soir où on est arrivés. Le lendemain, j'ai vu, et depuis ce jour je sais, je sais. Élodie-Mélodie ma jumelle dépareillée n'est plus à moi comme moi. Ne me ressemble pas plus maintenant qu'une goutte d'eau à une autre. Je m'habitue. Je ne m'habitue pas. Je ne crie pas, je n'en parle pas, même si je sais maintenant que ma sœur... Et puis après! Je serre les dents. *S'habituer c'est se tuer. Ah Ah!* C'est moi qui ai mis la clef dans la porte de notre maison Usher de banlieue, après tout. Je m'habitue, je bois de la bière.

Ce soir-là j'étais trop saoul pour comprendre, mais j'ai vu. Le lendemain. Grand caleçon archaïque de coton

jaune à jambes larges sur le sofa rouge vin taché, troué
de mégots. Et leur linge garroché sur le prélart, des
kleenex collés, il était déjà parti quand elle s'est
réveillée. Elle est restée longtemps tranquille à regarder
les tuiles mouchetées du plafond, elle n'a rien dit
comme de raison, je n'ai rien ajouté moi non plus, pas
posé de questions. C'est pas de mes affaires, j'ai compris.
Elle s'est levée et s'est mise à faire du ménage. Ça doit
faire trois semaines un mois. L'arrangement a l'air de
faire l'affaire de tout le monde, il ne parle jamais.
Mais moi je n'arriverai jamais à imaginer. Ça m'écœure,
ça ne m'intéresse pas, même si ça revient et qu'il doit y
avoir quelque chose de caché là. En tout cas. Le jour il
part dans son camion, voyage pour des compagnies de
sable dans le Nord, ça peut parfois durer deux ou trois
nuits, l'absence, je ne m'en plains pas. *L'écœurant. Je ne veux
plus que ça revienne. Shut up. Stop it.*

Toute la journée, rien à faire de spécial, à part ça. On
se promène dans le village. Les vieux crochus nous
regardent, cachés derrière leurs fenêtres à rideaux de
plastique, rien à faire eux non plus. On mange des
toasts et des grill cheese au Miss Patate, on niaise, la
serveuse n'aime pas ça, c'est entendu. Toute sa famille
vit derrière, des enfants et une grand-mère sur chaise
berçante ici aussi. Elle écoute du western au poste local.
Nous, on met le juke-box, Salvatore Adamo, Claude
François, on rit de ça, elle n'aime pas ça du tout. Il y a
aussi la gang des Poirier, à la douzaine sur le Bien-être,
pleins de puces, qui nous crient des noms quand on
passe.

Ce qui nous intéresse le plus c'est une belle maison
peinturée argent, dans la rue Principale, étincelante au
soleil, un vrai Disneyland local. Tout un parking de
grosses motos, BMW HONDA KAWASAKI YAMAHA, devant
le balcon de bois ouvragé. Un vraie gang de vrais bums.
Eh que ça fait donc longtemps qu'on voulait voir ça !

Vestes de cuir noir, intimidation sur le village. On les a flairés tout de suite. *On ne vous astinera pas. On ne veut pas faire de trouble.* Qu'ils comprennent seulement qu'on ne prétend rien du tout. On voudrait juste les regarder et les admirer, les bums archi-libres de Saint-Cliboire. On aurait tellement aimé ça, tous les deux, être des rockers cools, flasher avec des Hell's Angels qui n'ont peur de rien et qui parlent mal pour vrai. Réveiller tout le monde le samedi soir en revenant de l'hôtel Sirois. Formidable pouvoir sur les bars-salons, dans le coin, terrorisme sur les filles de campagne effrayochées, en fuite loin devant comme des poules de basse-cour, le monde d'ici épouvanté par le reflet bleu des cheveux noirs graissés à la Elvis, les queues de cheval des gars et les bottes pointues des filles. On en bave, tous les deux, misérables. Nous, pauvres punks de bonne famille. Nos parents de nouveaux développements, leurs split-levels et leurs aménagements paysagés, leurs maisons de fausses pierres des champs avec entrée de garage double : tant de choses à ne jamais pardonner.

Dans la gang, ceux qu'on connaît le mieux, c'est Gino et sa blonde. C'est à eux les premiers qu'on a fait comprendre qu'une sniffe, un joint, ça nous intéresse toujours, n'importe quoi sauf se shooter. Ça non. Il faut savoir quand dire non. À cause de ça ils nous tolèrent entre leurs murs, sur leur territoire. Ils ont bien vu qu'on connaît ça autant qu'eux la mari, le hash, la coke, le speed, toutes les dopes nous intéressent, toutes les sniffes même le chimique, mais pas de piqûres on ne veut pas commencer ça, non non. On ne fait pas de bruit, on ne prend pas de place.

J'ai laissé entendre que je cherchais quelque chose dans le coin. Ce ne sont pas des mauvais gars. C'est même grâce à eux qu'on a su qu'il y avait un Domaine, pas loin du village, dans le bois, un petit lac privé,

quelques chalets de planches autour d'un bassin artificiel aménagé à même le ruisseau. Une maison plus
grande, en construction au fond de la terre à bois. Pas
des gens d'ici. Une femme surtout, cheveux poivre et sel,
jeans et lunettes de corne, nous intéresse et les intéresse
aussi, ç'a l'air, je trouverai bien pourquoi.

Il paraît qu'elle vient acheter La Presse à la pharmacie,
le samedi, qu'elle serait amie avec la pharmacienne, une
belle blonde derrière le comptoir, dans les rangées
médicamenteuses. Elle conduit une Volvo jaune orange.
On décide d'attendre. On s'embusque, on achète des
paquets de kleenex à dix cennes, des tampons magiques,
des brosses à dents, des shampoings aux œufs, des
masques aux herbes françaises, des savonnettes, des
Light Days, des Stayfree, des déodorants, Élodie peut
faire sa fraîche à son goût. On rit, on joue, on fait
semblant de s'amuser, c'est comme ça depuis toujours.

On leur a expliqué qu'on cherchait et qu'on avait des
comptes à régler. Qu'il fallait retrouver, qu'il fallait au
moins qu'on se déplace. Qu'on suive une piste. Un
minimum. Ils ont compris l'idée du règlement de
comptes, ils ont fini par nous admettre, malgré leurs
lois, leurs habitudes, leurs devises, c'est sûr. Ça n'a pas
été une chose facile, on a eu le tact qu'il fallait. Ils ont
bien vu qu'on n'aurait pas peur, qu'on avait la même
haine. La nôtre vient du dedans, la leur du dehors. C'est
la seule différence. C'est la même force, dirigée contre,
la même colère, la même idée.

Vers les quatre heures de l'après-midi on est complètement stones, en général. On achète du beurre de
peanut et du fromage en grains local au dépanneur qui
fait aussi office de bureau de poste. Du steak congelé
pour lui, l'écœurant, qui mange un steak saignant
chaque soir en sapant comme un porc. La porte sonne

joyeusement quand on entre, c'est écrit Coca-Cola sur la
poignée. La vieille femme enveloppe tout dans un
papier brun, épais, ciré. On prend deux caisses de bière
chaude sur la tablette. Ses légumes pourris dans le
cellophane depuis la Californie qu'elle les garde, a laissé
entendre Élodie. On ouvre une Mol pour boire en
marchant, on s'en va tout croche rendu à cette heure-là
de la journée. On rit comme des fous. C'est pour aller
rejoindre le Grand Manitou dans sa roulotte. Élodie se
plaint de moins en moins, la vache de vache.

6

Blanc. Tout était blanc. Là où elle était, ils ne pouvaient savoir. Un blanc, sur le ruban de leur mémoire. Là où elle était, elle leur aura probablement manqué. Comment d'ailleurs ont-ils fini par admettre ce blanc? *Ils ne l'ont pas admis.* Ça s'est fixé à la cervelle. Ça expliquerait, d'une certaine façon, cette manière si blanche qu'ils ont de passer aux actes. Partir. *Mais en définitive, ça n'explique rien.*

Elle se souvient qu'elle avait voulu boire. Un drap blanc. Un mur blanc. Elle aurait voulu boire. Nuances du blanc selon la texture, l'heure de la journée. Blanc du mur, lisse. Blanc du drap, froissé. Elle se souvient qu'elle voulait boire à tout prix. Un manque. Des larmes, quand ça manque. Une femme en blanc lui apportait de l'eau pure à volonté dans une carafe. Le désert de cette chambre, cela lui revient. Le désert de son corps en cure de désintoxication. La blancheur mentale qui en était résultée longtemps après. Blanc sur blanc. Un vide ébloui, alors que toute sa vie semblait la quitter. *Dans cet état, avec des enfants si jeunes!* De l'eau, uniquement de l'eau, quarante jours, un jeûne. Son corps criait blanc, à blanc. Couchée sur le lit blanc, écoulée. Écroulée. Cristallisante. Mutante. Elle se rappelle tout cela maintenant.

Elle regarde la photo de nouveau. *Est-ce Élodie ou Klaus ?* Ça l'énerve, les trous de mémoire. Chercher à retrouver, forcer les brumes de l'alcool, les black-outs inévitables, des détails. *Ce cheveu bouclé sur le front, lequel des deux était donc le plus châtain, cette veine en demi-lune exacte dans l'angle de l'œil, est-ce lui ou elle ?* Faire venir les détails de tout cela avant qu'ils n'arrivent. Elle attend, dans la Californie pacifique. Elle croit qu'ils ne sont partis que pour venir la poursuivre dans l'alibi de son refuge, la confronter au retardement de son impuissance. Elle seule a généré leur mouvement. C'est ce qu'elle pense. Ils ne pourront pas lui dire que c'est faux. Cela ne pourra même pas se faire comprendre.

Il avait fallu intervenir. Sa belle-mère était venue, quelque temps, prendre sa place à la maison. Sévère, punitive, la vieille femme avait pris l'autobus, elle avait quitté sa banlieue pauvre, son logement terne, pour venir aider chez son fils. Elle n'était pas venue là depuis au moins trois ans, ce n'était pas très loin, pourtant, ces beaux quartiers neufs, mais elle n'avait jamais réussi à aimer cette femme d'un autre monde qui la remplissait de gêne, lui avait ravi Maurice, le Maurice de son cœur, au moment où Papa était mort et qu'elle avait tant besoin de lui, alors on ne lui téléphonait presque jamais, pensez-vous. Pendant qu'on faisait la valise elle avait changé le linge des petits, sévère, punitive, *de ne pas s'inquiéter*, avait-elle dit, *de se reposer. Besoin absolument de repos*, avait répété le fils-mari.

Blanc, blanc de mémoire. Misère de la privation. Alanguie sur un lit, les neurones blanchis. Tout relief fondu dans les détails de la blancheur. Épuration des eaux internes. Survivrait-elle à cette ascétique thérapie ultra-moderne par vacuum complet ? Elle faiblissait. Elle se rappelle avoir intensément faibli, à ce régime.

Vais-je le lever, ce doigt si lourd, ma peau me supportera-t-elle jusqu'à ce qu'elle arrive, elle ? Boire. Que ce besoin la quitte, elle voulait bien l'envisager. Ce n'était pas tellement l'alcool que le vide, derrière. Un trou. On lui disait d'arrêter de boire, elle voulait bien essayer. Ça ou autre chose. Mais rien ne la touchait de ces anecdotes qu'on suggérait, autour d'elle. Elle attendait. Toute la journée elle attendait qu'elle arrive.

Elle. Des yeux bleu acier derrière les lunettes d'écaille blanche. Une blouse impeccable. Un parfum délicat. Les lèvres à peine rosées. Parlait et touchait juste. Une chevelure argentée, les mots précis. *Ça quitte le corps, le mauvais, c'est possible, ça vous quittera, ayez confiance. Suivez-moi jusque-là.* Elle posait ses mains fraîches sur son front. *Parlez-moi. Vous parlerez. Il faut se vider. Votre corps était terriblement intoxiqué, vous savez.* Une chevelure grise sur un front à peine ridé, toute en nuances de force. Mettre la tête sur son épaule, se couler dans ses bras, se laisser bercer, s'abandonner. *Ça vous quitterait, ce mauvais, vous savez, il faut s'abandonner, faire le blanc, absolument.* Elle se souvient qu'elle voulait boire, au début, et puis ça l'avait quittée ce besoin, la soif. Non pas apaisée, mais dispersée dans l'étalement du vide. Se laisser quitter. Apprendre à se laisser quitter par le mauvais qu'on accumule comme ça, au fil des années dures. *Apprendre à vous laisser quitter dans l'écoulement d'une certaine confiance*, qu'elle laissait entendre, cette femme venant à heures fixes l'abreuver en paroles adoucies. *Ça crèvera, cet abcès où tout se fixe, les années trop dures, vous les laisserez vous quitter. Parlez. C'est de vous qu'il s'agit. Laissez-les tous vous quitter, les enfants aussi, même les enfants. Vous chercherez, dans ce blanc. Ça vous quittera, ce que vous n'avez jamais dit, c'est nécessaire.* De l'eau, oui, seulement et à volonté, dans la blancheur totale d'un hôpital de désintoxication mentale.

7

Aujourd'hui, 12 avril. *Here and now.* J'ai vingt ans. *En avril, ne découvre pas d'un fil.* Le bel âge, le bel âge. Personne pour chanter *Bonne-fête-à-Klaus* et mettre vingt belles chandelles sur mon gâteau. Alors je me fête moi-même, pas de mal à ça. Comme tous les soirs, de ce temps-là, après le souper, dans l'éclairage rouge sombre du Alexis Bar Salon, mon nouveau bunker, je bois de la bière, je jongle. *Superficially thinking.* Le bel âge, le bel âge. Le temps passe, je bois de la bière, je fume. Ça passe plus vite, je bois de la bière. J'évite de regarder la fille qui sert au bar. Ça s'étire, de ce temps-là, il ne se passe rien. Je bois de la bière, j'évite de regarder la fille qui me regarde en servant ses bières, elle est gentille. Je me concentre sur mon verre, je ne la regarderai pas. *Thinking, sitting, smoking, sinking.*

J'invente, je deviens maniaque, c'est ma fête. À fixer les traces déposées dans la poussière du tiroir dérobé, je fais semblant de m'occuper, genre Sherlock Holmes. Je joue au Clue à même les lettres de mon père à ma mère. Un nouveau jeu, juste pour mon âge, *WARNING, not for children under twenty.* Docteur Lavigne psychiatre en dirait long là-dessus, probablement. Élodie et moi on est bien placés pour savoir qu'on a eu une éponge à whisky comme mère. On s'en souvient, pas besoin d'insister sur les détails, on a enregistré, merci. De là à supposer tout ce que ça laisse supposer, par exemple! Par exemple:

> *Ma chairrie mon amûûr, je suis définitivement irrejoignable ne compte pas sur moi jamais tu sais très bien ma belle pourquoi je me suis mis pour toujours hors de ta grippe de maudite pissouse de femme succion. Tu m'as blessé à mort et je hais pour toujours les femmes leurs corps qui aspirent comme des bouches bouchées double je ne pourrai jamais te faire savoir à quel point je te hais de m'avoir fait ça à moi maudite catin frigide ton ventre mou ne m'a jamais appartenu ni ton vagin distendu slaque de maudite mère alcoolique de mes enfants bâtards et là-dessus ivrognesse je t'en prie je n'ai aucun doute ma belle débandante je ne reconnaîtrai jamais la paternité c'est réglé. K'on n'en parle plus je n'ai pas peur de ta batterie d'avocats bourgeois. La seule façon que j'aurai de te faire savoir à quel point je vous hais toi et les tiens ma douce ce seraient les pires tortures de l'Amérique du Sude sous surveillance médicale ton vagin branché d'électrodes électriques tes seins tranchés comme des poires saignantes sur un plateau ta tête rasée comme un œuf pourri la cervelle en spaghetti rôti le spot en pleine face hypocrite menteuse garce, et la goutte d'eau perpétuelle et la déprivation psychiatrique et j'en passe j'en passe aie pas peur ma catin dorée mon petit poulet violet.*

> *Maurice*

Sic, comme c'est écrit dans les livres. Sic. J'écume ma bière, je replonge dans le vague. Je ravale le hoquet pointu de tout ça dans mon ventre. Me délaver au houblon, m'en ficher, m'en laver les mains comme Élodie aux mains lisses. Qu'est-ce que ça peut bien faire? Que tout ça pourrisse donc dans les dédales intestinaux verdâtres, qu'on n'en parle plus. *Look here and now*, qu'il avait l'habitude de dire. *Est-ce possible que tout ça soit possible?*

J'ai vingt ans aujourd'hui, personne ne le sait sauf moi, la vie devant soi, qu'ils disent. On est de signe Bélier, Élodie et moi, ascendant Gémeaux, j'ai vérifié. J'ai vingt ans et le front têtu comme un bélier contre les portes fermées dur. *En avril ne te découvre pas d'un fil*, dirait Ultra-Violette qui m'aurait peut-être acheté un gâteau à la pâtisserie Monarque si elle n'était pas livide immobile dans sa chambre. J'ai vingt ans, je déteste tout, un point c'est tout. *Let it be*, dit la chanson qu'Élodie mélodie. *Let it be*, dirait John Lennon le doux mouton sans cornes. Mais le disque accroche, ça hoquète. Faire comme les autres, aller à l'école, chercher une job, m'intéresser? Me laisser dire que j'ai tout pour moi, le plus bel âge, ces folies-là? Me laisser dire ça, moi? Ne croire rien de rien, jamais. Se méfier, se défendre, porter son bouclier de bélier têtu. Ils voudraient qu'on s'intéresse, dans les écoles faites pour nous. Eh bien, ça ne m'intéresse pas ce qui devrait m'intéresser. Je ne lirai pas de journaux ni de livres, ni rien de rien sur aucun sujet, ni rien de ce qu'ils essaient de nous expliquer comme si ça s'expliquait. Grands systèmes capotés qu'ils font semblant de comprendre — *Karl Marx Sigmund Freud Maurice Duplessis* — qu'ils écrivent au tableau, pendant qu'on regarde leurs fesses dans leurs jeans propres, et leurs cheveux ancienne mode, longs, gris, gras, ridicules.

Je n'avalerai plus rien de ce genre-là. Ils me font rire, dans les écoles faites pour nous, à gesticuler en avant même si on parle en même temps qu'eux d'autre chose qu'eux pour toujours. Ils me font rire à faire semblant de nous intéresser à ce qui fait semblant de les intéresser, parce que c'est leur salaire qui les intéresse plus que tout, les vaches de professeurs barbus du cégep du Vieux en jeans Pierre Cardin, qui osent fumer les mêmes herbes que nous, s'asseoir dans notre café, faire comme si on était du même bord.

Il va falloir une vérité plus véritable que ça pour qu'il passe, le hoquet pointu. Ce qui est vrai et ce qui ne l'est pas : ça doit bien pouvoir se trancher au hachoir noir sur blanc ? *Deux et deux font quatre, beau temps mauvais temps. La pomme tombe toujours en dessous de son arbre, on reconnaît l'arbre à ses fruits.* C'est pratique, c'est pratique. Mais quand les fruits sont tout pourris, qu'est-ce qu'on fait ?

Je bois de la bière, la torpeur m'empoisse, j'ai mal au cœur, un gros chat saoul au fond du bar me regarde. La serveuse m'aime bien, ça se voit qu'elle m'aime bien, elle ne sait pas que c'est ma fête et je ne lui dirai pas non plus, peut-être qu'elle en profiterait pour me donner un bec mouillé. *Don't touch. Danger.* Je vais finir par piquer quelqu'un à mort avec mes aiguilles de rage de porc-épic empoisonné. Ou par me piquer moi-même, comme les scorpions mortels.

Je me vois ronger mes ongles avec mes propres dents dans le miroir *Seven-Up-Ça-Ravigote* anachronique. Je m'auto-dévorerais sans rien sentir à regarder un gros chat, saoul mort. Ça repart, le hoquet, malgré la bière, le pot. Ça fonctionne à l'envers, on dirait, de ce temps-là, le tube gluant où malaxe l'indigestible. Malgré tout ce que j'ingurgite par-dessus, ça remonte encore, maudit, ça recommence — *aller à l'école, apprendre, trouver une job.* Se faire prendre par rien ni personne, marcher dans aucun piège à con systématique. La seule flèche qui m'intéresse c'est celle-ci : qu'ils sachent qu'on sait. Que le chat sorte du sac, trop tard pour le rattraper. Qu'ils sachent qu'on sait. Que ça va courir comme la gerboise de notre enfance, comme la perruche Kiki qui n'est jamais revenue. *Il court il court le furet.*

Mais ce matin avant de me mettre à la bière, pour me donner l'impression de faire avancer les choses, comme on dit, que me restait-il d'autre que ce que j'ai fait ? Ce matin, ça revient, pour qu'il se passe quelque chose le jour de ma fête de vingt ans... Une lettre bien aiguisée, au Centre d'onomastique géo-morphologique, section Précambrien. Des faits, rien que des faits. Et toute lettre exige sa réponse, qu'il disait dans le temps, surtout adressée à un savant géographe présumé père de deux enfants flottant dans le grand vent de la vie-mort. Une lettre dans une bouteille à la mer, comme celle qu'on avait trouvée, Kouli, Élodie et moi, dans la Gaspésie où la tante Clorinne nous avait recueillis un été froid d'il y a cinq ou six ans. Une lettre dans le temps qui me sépare et me relie à la vie-mort où il m'a fait venir, oui ou non? *C'est toi, oui ou non?* Une lettre-réponse aux poussières du tiroir dérobé qui n'en finissent pas, corps flottants, de m'énerver la vue, de me boucher l'horizon. *Des faits. Rien que des faits.*

Drinking smoking thinking, les Rolling Stones nos idoles. Drinking smoking thinking sinking, dans le grand noir du Alexis Bar Salon des Laurentides capotées. Superficially thinking. Le futur ne saurait être qu'au passé. Alors nowhere, no future, no body!

À l'autre bout
de la fuite

8

C'était survenu dans la trentaine, ce détour à travers maladies, internements et cures : un voyage vers l'arrière d'où l'on ne revient pas. Repasse-t-on d'ailleurs jamais par le point de départ ? Elle a depuis longtemps perdu ce désir qu'elle-même inculquait aux enfants — certains après-midis de pluie, certaines heures de lucidité exceptionnelles — n'a plus l'âge de s'amuser à fermer les cercles. On frôle le centre mais ça dérape, ça repart, on ne touche plus jamais le point d'où un jour c'est parti. Les colimaçons et l'infinie spirale qui fascinaient les enfants, sur les plages au bord de la mer, l'été, avec Ultra-Violette, Clorinne et son mari... Et l'infinie sonorité des coquillages en volutes qu'ils écoutaient, oreilles naïves, *qui parle là-dedans? Allô?*

La fuite se faisait sentir depuis un bon moment déjà. Bien avant la lettre à Clorinne et l'arrivée précipitée de cette dernière, craignant le pire, à la maison de Maurice. Bien avant même que celui-ci, de son côté, interrompe leur sabbat par un exil d'au moins un an à Yellowknife, d'où il lui avait envoyé une série de lettres ordurières, au point qu'elle avait dû consulter le beau-frère, avocat spécialisé en diffamations, persécutions mentales, divorces de riches. Bien avant aussi que son propre mari profite d'une de ses absences cliniques pour s'afficher publiquement, familialement même, avec ce garçon d'origine amérindienne — cri, déné ou montagnais — supposé lui servir d'interprète : cela fuyait déjà, cela filait. Vers l'intérieur où résonnent les voix.

Le ruban se déroulait nuit et jour en harcèlement mental. Un bourdonnement de mouches frappant contre la paroi de verre. Contrer l'effet sonore battant rafale, comme une marée. Mots, sons, rythmés, échoués à son tympan imbibé, hypersensible, des années durant. Ironiques bribes sonores trinquant en cliquetis à chacune de ses lampées goulues. Un rush mental. À cent milles à l'heure dans sa tête.

Partout où elle traînait son corps elle en était accompagnée de l'intérieur. Comme habitée, folle, du thème d'une fugue baroque s'engendrant infiniment en mémoire auditive, hallucinante. Flashs, éclairs. Mots, venin visqueux qu'il l'avait forcée à avaler comme des huîtres crues dans les froides discussions de fins de repas, elle dégoûtée par l'odeur figée de la sauce dans les assiettes blanches, eux disparus dans la chambre, jouer aux minibrix, les triturer plutôt de leurs dents aiguisées, jusqu'à ce qu'il faille remplacer les pièces, inutilisables pour construire quoi que ce soit.

Lancinant, cela était vite parvenu à couvrir Élodie et Klaus, leurs demandes enfantines se perdant dans l'atonalité du délire. Ils la regardaient tourner en rond devant eux, les deux mains sur les oreilles parfois, comme assourdie par un essaim. Dans ces cas-là un verre est toujours si commode pour endormir le bourdonnement d'une conscience, chloroformer toute conscience trop aiguë. Ces voix avaient fini par rendre la sienne trop rauque, monocorde. Un cri ne sortait plus de sa gorge. Comment aurait-elle donc eu la force de démêler ce joli tricotage ? Est-ce la cause ou l'effet ? Saura-t-on jamais quand s'amorçait la boucle où l'on se prendra nécessairement, à quel embranchement de l'arbre de famille s'engendrait le tourbillon twisté où le délire s'empiffre maintenant comme un enfant déraisonnable ? Le délire est un enfant qui exagère.

— On parlait d'elle, disait-il.

Deux ou trois mois à peine après leur mariage, il s'était mis à prétendre qu'il entendait parler d'elle. Une lubie. Ses collègues du département de Géographie, ceux des Centres d'études associés à la recherche ? Qui d'entre ces administrateurs aux oreilles trop propres la connaissait, pourtant ?

Il insinuait qu'on lui parlait d'elle. Probablement avant ou après ces réunions itinérantes qu'ils tenaient successivement à Winnipeg, Edmonton, quand ce n'était pas jusqu'à Vancouver, aux Îles Charlotte, dans ces lobbys d'hôtel feutrés et surchauffés où se dépensaient les allocations somptuaires octroyées pour leurs déplacements. Entre deux cafés, deux verres, deux secrétaires, on lui parlait d'elle, sa femme, prétendait-il contre toute vraisemblance. *Forcer les faits. Pourquoi ?* Il s'était mis à insister. Cela s'était considérablement alourdi, comme juste avant une nuée de grêlons.

À propos d'elle, femme qu'elle était. *Une saprée belle femme qu'il s'est dénichée, Maurice. Fais attention, les belles femmes ç'a les yeux clairs, les yeux de malice, les yeux pervers, toutes des courailleuses, des putes, des garces, des guidounes. Garde-la bien enfermée, ta femme, puisque t'en as une. Laisse-la même pas parler au laitier — quel laitier ? — es-tu capable de garder ça, toi, une belle femme comme ça ? Comment fais-tu ton affaire, donc, Maurice ?*

Ces audaces, chuchotées à son oreille, des éclats de phrases, ça lui rougissait la peau du visage. Cela avait forcé son existence — des mots — et on ne peut pas dire qu'il eût été gêné ou malheureux de cela. Au contraire, une sorte de jubilation cachée. Comme les bébés qui décident de faire un mauvais coup, pipi dans la soupe, une merde. Comme s'il venait de trouver une solution, une bonne idée. *Fais-y attention à ta femme, Maurice, une belle femme comme ça c'est dur à garder, Maurice, elle aime trop les cocktails, cette petite femme-là, Maurice, elle a les yeux trop clairs, les hanches qui roulent, toutes pareilles, les femmes!* Rires gras des propos de taverne. Ils voyaient bien qu'il adorait ça, qu'il buvait ça comme un petit fou, lui, à la brasserie, au dîner d'affaires, au bar à cinq heures, devant son manhattan typique.

Et elle avait su dès cette époque, à un certain figement ciré du sourire sur le masque, qu'elle ne pourrait rien contre cette fabulation qui venait de se mettre à monter au galop d'une marée de juillet. *Où était-elle donc* — il déchargeait sa bile, à nouveau, au lit, plutôt que de, les quelques soirs où il couchait encore à la maison —, *où était-elle donc ce soir du 25 juin où il avait téléphoné en vain de Whitehorse, Yukon, puis cette autre nuit à onze heures et demie du soir, à qui parlait-elle au téléphone, à qui ou sinon pourquoi, oui, pourquoi avait-elle laissé l'appareil ouvert, alors qu'il prenait la peine de donner un coup de fil pendant l'escale de deux heures à Saskatoon, Saskatchewan?* Il s'était mis à attendre quand elle sortait, à renifler ses sous-vêtements, à inspecter les draps, les sacs à main. Il la réveillait tôt le matin, insinuait, interrogeait, la forçait à répondre. Tortueux dédales. Terreur. *Ne l'avait-on pas vue en compagnie de son beau-frère, de son oncle même, dans un lounge de la rue Sherbrooke est? N'avait-elle pas laissé traîner un carton d'allumettes provenant de ce même motel de goût douteux, elle qui ne fumait pas, et ne la voyait-on pas souvent au centre-ville, à l'heure du midi, avec sa sœur Marie et ses amis?* On lui parlait d'elle continuellement, à l'en croire.

Belle femme, bien conservée dans ses jupes courtes à la mode de l'année, laissant voir ses jambes longues et encore fines jusqu'aux cuisses, *maudite catin maudite guidoune, les femmes sont toutes,* le vernis chic de la raison craquait vite, si vite, c'était le jargon de la rue maternelle qui se mettait à sortir tout seul. Cet homme avait viré à la folie, apparemment. Il la faisait suivre, revenait de voyage l'air triomphant — *Madame est encore sortie mardi soir, Madame est rentrée à une heure du matin, Madame a bu trois cognacs de file au Kon Tiki* — tout cela s'était mis à sonner à ses oreilles comme un rot, vulgaire et agressif. L'extirpant aux forceps de la naïveté de la mariée en blanc, un vrai mélo-savon. *Elle n'appartenait donc à personne. Elle n'avait jamais réussi à appartenir à personne. Elle n'aurait même pas été capable de ça.*

Et pourtant le désir, son désir, en elle, demeurait là, coupant, laminé, rasoir, étanche. Il lui restait le désir, le vrai désir qui fait peur, qui rend folle, celui-là qui ne se contrôle pas, le désir à vide, turbine. Malgré ce qu'elle entendait dans sa chambre lugubre aux tentures de satin beige toujours closes, elle l'éprouvait encore, le désir vif, pendant qu'il lui crachait à la figure qu'il ne l'aimait pas, ne l'avait jamais aimée, que les femmes, et que ce qu'il avait voulu d'elle n'était qu'un nom. *Monsieur et Madame.* Des mots. L'état civil. Non, il n'était pas facile de faire taire le bourdonnement enregistré de la haine qu'il lui servait depuis des mois. Elle n'arrivait pas à stopper le cinéma malsain de l'amour qu'il ne lui avait jamais fait qu'en la plaquant fortement au matelas, les deux bras étendus, immobile, obligatoirement muette. — *Ne bouge pas, n'interviens pas, ne parle pas, tais-toi. Mais tais-toi donc !* — Comment cette violence enragée, cachée sous le sourire doux, le masque indifférent, avait-elle pu remuer au tréfonds du corps le désir, le désir-turbine dans l'intérieur insatisfait, stupéfait ?

9

Ça a fait déjà un bout de temps qu'on a eu vingt ans. Le mois de mai s'est bien installé, avec feuilles aux arbres et tout et tout. Mais Élodie ne l'a même pas su. Élodie ne sait rien du temps. Moi, ça régurgite encore au fond mélancolique de mon ventre.

Je la laisse entretenir et se faire entretenir. Je reste près d'elle l'air de rien. Le gros gars s'appelle Stie. C'est comme ça qu'ils le nomment entre eux, trois quatre tchums qui viennent veiller dans la roulotte depuis quelques semaines. La nouvelle s'est sue vite dans le coin, la bonne nouvelle a couru, et c'est pas Stie qui va l'arrêter de circuler d'après moi. Ça circule dans la roulotte les pilules blanches, les dollars, et les camionneurs sur les routes sauvages. Ça circule et ça s'échange encore plus loin vers le Nord, le Labrador, les Indiens dans leurs réserves. Et ce panache d'Indien du costume d'enfant qu'Élodie m'avait brisé de colère subite, un jour, il y a longtemps. Avoir vingt ans. Ça circule, c'est pas Stie qui va stopper ça.

Ils sont trois ou quatre, depuis quelque temps, à venir trouver que ma sœur est un bébé pas laid pas pire. Toujours les mêmes. Bottés pointu, teint de cow-boy, visage mixé des gens du Nord qui boivent toujours et vivent dehors. Cheveux bleu noir graisseux, ça roule. C'est vrai qu'elle est belle, Élodie, comme une vraie photo de revue cochonne, avec ses cheveux blonds quand elle les lave, et elle les lave à qui mieux mieux au Miss Clairol pour blondes depuis qu'on est arrivés dans ce trou perdu où il n'y a rien d'autre. Trois ou quatre gars de chantier pour regarder ses beaux yeux pas fins, pas là. Trois ou quatre gars de taverne qui montent à la baie James l'été, à LG3 ou LG4. Hommes des grandes routes larges qui pèsent sur l'accélérateur jour et nuit vers les barrages et les travaux d'usage, dans leurs camions, sur le speed blanc, pour tenir le coup au cerveau hébété par le ruban blanc qui file sur la route. Le reste du temps sur l'assurance-chômage.

Elle a abandonné son soutien-gorge, la serpente, elle s'arrange les yeux au noir et paillettes, franchement exagéré. Mais je l'envie quand même, Élodie-Mélodie, de cette ignorance où depuis toujours elle se blottit colombine, depuis l'accouchement où on a fait semblant de sortir tous les deux de la matrice saignante. *Il paraît que tu serais restée coincée dans l'anoxie de la naissance trop longtemps ma sœur, je ne voulais pourtant que t'indiquer le chemin, Élodie, mon amour débile mentale de bonne famille. Les médecins n'avaient même pas vu que tu étais là, siamoise aux yeux bridés et pâles de brumes anoxémiques !*

On va la retrouver danseuse topless à Matagami avant longtemps, si je comprends bien, la jeune fille sage. Danseuse-nue-nuit-et-jour pour les camionneurs speedés, dopés, saouls morts de route déroulée à perpète, entre deux tartes aux pacanes ou deux drafts, dans les restaurants routiers à serveuses topless. Ça aussi ça pourra faire une flèche à mon carquois

d'Iroquois, le temps venu. Danseuse dans un bar au
nord de Mont-Laurier. Serveuse rock à Saint-Michel-
des-Saints. C'est pas moi qui va t'empêcher de montrer
tes seins aux belles tétines brunes, Élodie, et tes fesses
sans cellulite, et tout ce que tu voudras à tous les
hommes sauf à ton père, disparu dans les couloirs
sanitaires de l'université pour ton plus grand malheur,
Élodie-Mélodie. Je te suivrai bien, moi, de bar-salon en
bar-salon, buvant de la bière à m'en délaver le sang
pendant que tu te perdras de strip en strip, dans
l'avalanche des regards avides sur ton corps avide de les
attirer.

Blanche Élodie laiteuse de l'enfance. Mauve Élodie
dans le spasme de notre vie-mort. Je te suivrai jusqu'au
bout rien que pour montrer jusqu'où on est capable de
dériver, nous deux, à leurs beaux yeux indifférents
d'over-forty sauve-qui-peut, Élodie mon Élodie. Tant
mieux au fond si tu as eu le cerveau blanchi en cinq
secondes de trop ou de moins au début de ta vie d'Élodie.
Parce que, comme disait Maurice dans une autre de ses
charmantes lettres à Zella, *si le cerveau se taillait comme les
ongles, ça irait tellement mieux, je t'aurais arrachée depuis
longtemps, vieille minoune que je hais tant.* Décapotage de
décapotage. Jusqu'où capoterons-nous, mon amour
d'Élodie capotée sur les ventres poilus des camionneurs
saouls morts?

Stie a l'air bienheureux, en tout cas, il s'est mis à
parler, si on peut appeler ça comme ça. Élodie le suit
comme son ombre. Elle rit comme une enfant de deux
ans à chacune de ses blagues plates, à double sens ou
moins. Lui et ses amis passent leurs belles soirées à la
pinçotter partout, à la courailler aux quatre fers en l'air,
à la bécoter par-ci par-là, *ma chatte viens donc ici,* ils
grognent, les porcs, *ma plotte ma coucoune la belle fille à papa,
viens donc ici un peu.* S'ils pensent que je ne les vois pas
toutes, une par une, leurs cochonneries. Ça n'a pas l'air

de l'achaler plus qu'il faut, Élodie, qu'on lui passe la main dans ses petites culottes roses. Elle fait même du mieux qu'elle peut pour laisser ça lousse, on dirait, en gloussant comme une poule qu'on détrousse. *Hou hou hou!* Elle roucoule. *Arrêtez, cochons.* Jambes détortillées, ouvertes en même temps que le bec, tête d'oiseau, oiselle, petite oseille amère du jardin d'enfance au temps du vent. *Arrêtez ça.*

Ça commence à me tanner, leurs orgies perverses. Alors vers les dix heures, quand ça se corse et que je suis bien saoul, je me tire, comme ils disent dans les films doublés. J'aime la pénombre du Alexis Bar Salon, sur la route 222. Bien calé au fond d'un fauteuil de cuirette en plastique noir, je bois de la bière sans regarder la fille qui sert. *Superficially thinking.* Stone. Ça commence à m'écœurer sérieusement, les affaires de cul. Des histoires pour se faire avoir. J'aime l'atmosphère, à même le reflet cheap des feux rouges dans le noir. *EXIT. NO EXIT. MEN. WOMEN. EXIT. FIRE FIRE FIRE. EMERGENCY.* J'aime l'endroit. Ionisé, infrarouge, ultra-violet, magnétique. Pas une seule fenêtre sur l'extérieur. Enfermé. Cloîtré. Claustré. *Drinking, thinking, sinking, like a rolling stone.* Rolling Stones. C'est ici que je voudrais prendre une bière avec mon père, dans le Alexis Bar Salon, éclairé par les stroboscopes au rouge et la lumière énervée d'une grosse tévé en couleurs. Au beat du métronome disco sur la piste rouge, l'attendre, le voir sortir du bocal de sa vie, blême comme un poisson d'aquarium.

Vers les onze heures, Gino vient toujours me rejoindre. Quelque chose qui cloche. On fume un joint ou deux ensemble. *Je peux t'aider à chercher*, qu'il a dit. Demain, on va suivre la femme aux cheveux gris que j'ai perdue de vue au tournant des cabin lodges bleu poudre abandonnées, juste en face du chic restaurant Pocono. Il vient d'acheter un camion Econoline chez Joe Débossage, Gino. Il va laisser tomber les bicycles, qu'il dit. C'est un bon gars. Mais sa blonde couche quand même avec le chef, celui qu'ils appellent le Thon. Ça doit être ça qui l'achale, de ce temps-là, Gino. Encore une affaire de cul pareil au même. En tout cas! Le Thon avec ses jeans cloutés serrés lui fait quand même peur, à Gino. Un petit nerveux mauvais, maniaque, le Thon. Se méfier de lui. Des polices, veut veut pas. Municipale, provinciale, les bums n'aimeront pas ça quand ils vont les voir arriver. J'ai vu leur auto rouler dans le rang, hier après-midi, qu'est-ce qu'une auto de police peut venir faire ici, dans le monde? La tante Clorinne a dû venir faire son tour dans la maison Usher depuis le temps, s'apercevoir qu'on était partis. Et c'est pas le cégep du Vieux qui va être capable de donner des renseignements sur moi. La vieille aura trouvé moyen de faire comprendre que personne ne vient plus jamais fermer sa maudite lumière. Ils vont chercher la dope comme toujours, les épais, peut-être même la trouver. Les choses vont se corser, veut veut pas. Pas mal de problèmes suspendus dans l'air électrique du Alexis Bar Salon. J'aime ça. Du beau décapotage en perspective.

Acting out

10

Agir n'est pas un choix mais une fureur.

V.-L. Beaulieu

Peu à peu, Zella quitte tout et part. Ils ne savent pas où elle va. Ils ne demandent même plus à savoir. Elle croit se sauver. Aller vers elle-même. C'est ce qu'on lui dit. Toronto, Vancouver, la Californie. L'idée de refaire sa vie. L'idée de renaître. Elle ose partir. Elle y croit. On l'y aide, on l'y pousse. *Il le faut, cela vous détruit, c'est votre droit, c'est votre vie, personne ne peut le faire pour vous, rester n'arrangerait rien de toute façon.*

Toronto, Vancouver, la Californie. Toutes les méthodes elle les a essayées. Tous les chemins proposés elle les a empruntés, à l'un et à l'autre, l'un après l'autre. Après le vide, le cri. Là-bas, il fallait crier. *Criez ça sortira bien ce que vous avez accumulé de mauvais ça finira bien par sortir si vous criez, non ? C'est logique, non ? Rappelez-vous le premier cri. Produisez un cri.* L'Amérique invente toutes les méthodes qu'il faut, s'il le faut. *Chacun trouve sa guérison.* Une surabondance de méthodes. La vie est-elle une maladie ?

Parcourir la carte géo-thérapique dans tous les sens. *Essayez encore un peu. ceci. vous êtes malade. criez. c'est bien simple. ce sera comme un bon dégobillage. cherchez un cri. le premier de votre vie. Un cri d'assassinée un cri d'accouchée. retrouvez ça. produisez ça.* Et après ?

Comme cri, toujours entendre, ré-entendre, dans le fond même du silence, ventral, le son ravalé d'Élodie. L'effet mat, plutôt, des secondes allongées et planées du retard, où le souffle épuisé s'était retenu de part et d'autre. Élodie coincée. Asphyxiée. Bleuie. Tuméfiée. Son enfant. La bouche pleine refusant de se séparer du mucus, d'expulser cette glaire si douce. Les narines refusant de s'évacuer. Alors, en elle, l'insupportable certitude, jamais partagée, que cette petite fille n'aurait jamais voulu sortir de là, n'aurait pas dû être là. Son enfant. Souvenirs, *in the wind, singing, like a solitary soul, alone.* Élodie aimait bien cette chanson : *The wind, in the willows...* Quand Zella la fredonnait, elle dodelinait, elle se nichait, la petite bête.

Cette fois-là la vie avait été trop forte, probablement. *Est-ce possible ?* Oui, une sorte de crime, finalement. *Criminelle, moi ?* Abandonnée, déjà, cette petite, aux ressacs violents qui, contre leur volonté à toutes les deux, les avaient séparées, alors ? Est-ce pour cela qu'après — répétant maladroitement ces quelques secondes à jamais suspendues — Zella s'enfuyait dans les brumes froides de l'alcool ? Puis ce départ, le vrai départ, du moins c'est ce qu'elle avait cru, *un geste qu'on veut définitif, irrévocable, tranché au scalpel comme le cordon —* *tranché trop tard.*

Et le cri, ce cri qui n'était pas venu, après que le petit corps fut sorti du goulot noir. Le bleu muet du petit corps et le reflux de la voix, déjà, dès ce moment. Elle seule avait compris ça, vu ça, la mère. Seule témoin. Ne plus revoir cette nature morte imprimée mauve dans la mémoire. *Car qu'est-ce que cela change, se souvenir, être habité par le goût du souvenir ?* De deux, l'un mangera-t-il toujours l'autre ? Elle avait connu, à Seattle, une femme qui comme elle avait engendré des jumeaux, mais dès le troisième mois de gestation le survivant avait tué son double dans le ventre, et cette femme avait porté six mois de temps un fœtus mort et un fœtus vivant qui bougeait, et dans le psychodrame c'est ça qu'elle avait crié, à tout le monde, cette folle, le chiffre deux, disait-elle, est une malédiction. *De deux, l'un tuera-t-il toujours l'autre ?*

Le cri n'ayant rien changé on la retrouve plus tard en Californie, dans une maison blanche, au bord du Pacifique tempéré, qui coûte elle ne sait trop combien de dollars par jour. Elle va à San Francisco aussi, un building rempli d'autres femmes comme elle. Se coupe les cheveux court, commence à porter des robes blanches et amples sur son corps considérablement aminci. Elle se rend à L.A., il n'y a plus de trottoirs dans ces villes. Que d'abondance ! Trop de biens c'est possible, quoique incroyable, un scandale. Combien de générations nanties ont-elles ainsi perdu des vies dans le désœuvrement du trop-plein qui étouffe, dans le trop-plein des ventres qui ne crient plus, des corps qui refusent le moindre signe de vie, des autres qui... *À chacun sa trace, à chacun son détour.* Plus rien d'essentiel ne se profile alors dans les paysages gavés où les ventres n'ont plus à se faire entendre, où le goût même s'est oublié depuis longtemps. Le goût de rien.

Avant, bien avant, cela avait commencé par un jeûne dans les Laurentides. À cette époque elle croyait encore devoir revenir, périodiquement, prendre la relève de sa mère et de sa belle-mère. Puis elle n'avait plus osé réapparaître dans leur existence. Les yeux au reflet stone de ses deux enfants l'accusaient. *Va-t'en.* Une gêne. Un malaise. *Elle n'est pas chez elle, ici. Elle.* Là-bas, dans les Laurentides, des arbres, des moustiques, des femmes de trente-cinq ans. *Combien de doubles à la dérive comme ça ? Étions-nous programmées, automatiques ? N'y aurait-il qu'une seule formule à nos méandres, nos labyrinthes, où ça ne nous empêchera jamais d'ailleurs de nous perdre complètement ?* Toutes ces femmes racontant que les hommes, les enfants, ça n'a pas de sens, elles ne peuvent plus, ça crie, ça se dit, ça se sait, le réel ça revient, on ne peut réellement taire que les hommes, les femmes, ça ne marche guère. Les enfants ? Perdu, le goût.

Alors peu à peu elle quitte. Définitivement. Elle voyage à Salt Lake City chez les Mormons. *Le culte des morts.* Seule elle voyage ; son corps ; ça revient peu à peu, elle et son corps. À Philadelphie un peu plus tard un homme en blanc répète mot pour mot ce qu'elle dit, quarante-cinq minutes, deux fois par semaine. *J'ai faim — vous avez faim — je ne sais plus — vous ne savez plus — je cherche — cherchez-vous — vraiment — je veux.* Cela s'enregistrait sur une bande magnétique disponible, cela tournait. Quitter la parole.

À Miami, à Nassau, au Vermont, elle baise avec des hommes, elle baise avec des femmes, et toute la verdeur de sa timidité puritaine y passe. Elle croit que cela la quittera. Des années durant elle zigzague son trajet, et les chèques arrivent sans faute. Toujours elle croit qu'elle cherche cela. Cela qui pourrait desserrer. La position du lotus, celle du fœtus. Adrénalisation par marathon à Boston, Québec, New York. Descente bleue dans des piscines en écho où se perd encore le souffle. Brumes du chlore, bains tourbillons, douches écossaises, massages hydrauliques. Méditation zen dans le New Hampshire, stage créatif à Washington. Intoxication positive au grand air, au riz blanc, désintoxication massive, dianétique, face-à-face, auto-érotique, bio-énergie ; elle a tout essayé. Toujours elle croyait que la serre se déferait.

Et puis ce jour-là, le réel réapparaissant. Un journal, un entrefilet de Montréal. Montréal. Ses enfants, le réel. Douleurs de les avoir faits. En réalité. Les faits se réinscrivant en un certain ordre. Stop à toute fiction. Le réel défilant en un seul sens au miroir du délire. Une scène. Devrait-elle un jour leur raconter leur histoire ? Le pourrait-elle, le saurait-elle ? Serait-ce même une histoire, cela, cet emberlificotis de déraison ? Le faudrait-il ? *Facts, cool facts. One way, this way.* Elle les voit, ses enfants, et enfin un retour du corps, si réel tout à coup, des larmes enfin en écoulement, devant une photo écornée. Un cri. *Le réel, ça finit toujours par revenir, n'est-ce pas ?*

11

À force de rouler avec Gino sur les routes de l'arrière-pays, j'ai fini par tomber pile sur ce qu'on ne cherchait plus, hier soir, en pleine zone de moustiques. On a été sauvagement attaqués par les maringouins qui sortent des étangs tous les soirs à la même heure. Mais elle ne nous aurait quand même pas offert de monter sur sa galerie grillagée, une vieille crainte de femme, j'imagine.

Cillements, bourdonnements des vampires. Entre les feuilles noires pourries de l'automne précédent, l'eau miroitait au rouge du soleil couchant. On avait reconnu la Volvo jaune orange à l'entrée du chemin, c'est comme ça qu'on l'a repérée, dans son split-level avec foyer en pierres prévisible, fini en nutty-pine naturel-naturel comme le bar, au sous-sol, chez Ultra-Violette, c'est drôle comme hasard, j'en parlerai à Élodie si jamais ça l'intéresse. Veste de tweed sur jupe longue de coton des Indes, bien conservée mais sévère-sévère, la docteure Lavigne. Elle voulait m'intimider, probablement, au début. Le ton de voix égal, tout égal comme celui des extra-terrestres, un visage de masque. Son discours ne me revient pas, pour tout dire.

Je regarde Gino. Il prend son temps, sa patience, il ne parle pas. Il a tout son temps et toute sa vie, lui, pour peinturer tranquillement pas vite son Éconoline en rose scintillant, dessiner un œil argenté effilé sur chaque flanc, des flammes orangées psychédéliques sur les portes, un arc-en-ciel multicolore sur le devant. C'est son style. À l'intérieur on a branché le système de son ultra-puissant, sur le toit un haut-parleur métallique. On bricole, on fignole, puis on s'en va dans les champs. On ouvre le son au bout, au plus fort, à crever le haut-parleur s'il le faut. On prend chacun un vieux sleeping vert et on l'étend sur les matelas pneumatiques que Gino a piqués aux bums de la rue Principale. Le soleil commence à être réellement chaud, maintenant, la neige a définitivement fondu, ne laissant que la suie. Ça sent la boue, la bouse, le foin pourri. Par-dessus tout ça le vert revient. On s'installe dans ces senteurs fortes, la musique au bout, le ventre à l'air. *Ça revient toujours, le vert?* On se fixe au bleu du ciel, on ne voit même pas les contreforts des Laurentides pelées qui attendent leurs estivants, et qui ne savent pas quoi faire en attendant.

La caisse de Mol et les chips au vinaigre entre nous deux, je me cale pour réentendre en voix off le son égal de la docteure Lavigne, sur fond de hardrock newwave en direct des États, quand ce n'est pas le western mélancolique obligatoire au menu par ici. *C'est moi qui ai soigné votre mère, oui, c'est ça que vous voulez savoir?* Je fixe l'œil égypto-max-factor dessiné rose et mauve par Gino. Il me regarde. Ça me regarde. *Elle est partie. Ne la cherchez pas. Que lui voulez-vous?* Non. Rien. Merci bien. Je ne veux rien, justement. On ne fera rien de la journée. Ni demain. C'est rien d'avance. Rien à faire contre rien. Rien. Ici ou chez la vieille, Ultra-Violette ou infrarouge, qu'est-ce qui a changé? C'est bien toujours le même spectre où on se déplace, où on flotte partout toujours, dans le grand souffle de la vie-mort qui nous charroie, nous pitche, nous bitche les uns contre les autres.

On beat. Personne ne sait qu'on est là. Personne, j'espère. On se regarde le poil du ventre, on niaise. J'essaie de réfléchir, parfois, mais je suis de moins en moins intelligent, on dirait. *Elle ne vous doit rien. Que lui voulez-vous?* La mutation s'effectue tranquillement, je redeviens peu à peu ce que j'ai toujours été. J'aime la bière et ses effets de néant. *Sitting, drinking, sinking, thinking.* Je fixe le ciel, je me couche sur le sol imbibé, pourri par le dégel de toutes ces choses qui se mettent à exhaler leur puanteur dans l'été qui a fini par commencer. Un marais mou où caler. Mais ça va sécher, qu'on le veuille ou non. On ne me voit pas plus qu'une fourmi, et pourquoi serais-je plus visible que quoi que ce soit ici? Je chercherai de moins en moins à comprendre dorénavant. Voilà un des effets de néant de ma rencontre avec la docteure. *Comprenez plutôt qu'il n'y a rien à comprendre.* C'est bien ce que je pensais. Quand je finis une 50, je pète systématiquement la bouteille sur la grosse roche, à quinze pieds devant moi. C'est plein de tessons de verre brun et de canisses rouillées, un vrai dépotoir. Quand ça sera trop sale, on aura juste à changer de champ.

Tout de même. La figure ridée en pattes d'oie de celle qui a soigné ma mère — elle l'a d'ailleurs admis tout de suite, sans hésiter — danse au soleil réchauffé, printemps-été. Automatique. Tout ce qui peut se dire ou ne pas se dire par la bouche. Je regarde Gino qui beat, je regarde Gino qui ne pense à rien, je bois une gorgée de bière chaude, je mange un chip *bacon flavor*, je fume un joint, j'ai envie d'un poulet frit Kentucky graisseux, on ira plus tard. Sacrer le camp d'ici? Changer d'air, se changer les idées. La police va venir nous chercher. Il ne faut surtout rien espérer de la

docteure Lavigne, côté collaboration avec les forces de
l'ordre. L'Abitibi, la Gaspésie, l'Ontario, la Floride, la
Californie, l'Ouest canadien, l'Est américain? *No where.*
No future. No body.

C'est elle qui a désintoxiqué ma mère au début,
quand ils ont décidé qu'elle devait partir. Cela, elle me
l'a dit tout de suite et sans histoires. Mais c'est après
que ça s'est enclenché. Quand elle a eu, à travers le
grillage, accommodé son regard presbyte au chien-et-
loup d'après souper. *Que lui voulez-vous, à votre mère?*
Pourquoi la cherchez-vous? Qu'est-ce que ça vous donnerait, de la
trouver? Trouve-t-on jamais quelqu'un? Elle ne vous doit rien,
comprenez cela: votre mère ne vous doit rien. Cessez d'y penser,
faites-en votre deuil. Pourquoi la cherchez-vous? Que lui voulez-
vous? Débarrassez-vous de ça au plus vite. Détachez-vous. Oubliez.
Faites autre chose, faites-vous soigner. Je vous indiquerai quelqu'un,
si vous voulez. La vie! Et votre famille a sûrement de l'argent. Votre
mère n'est plus ici depuis longtemps, n'attendez rien d'elle. Je l'ai
bien connue, elle m'a beaucoup aimée, vous savez, je l'ai beaucoup
aimée, enfin passons. Elle est partie. Elle s'en est sortie, au prix
d'efforts inhumains, comme on dit. Ne la cherchez pas. Je lui ai
indiqué où aller. Je ne reçois jamais de nouvelles d'elle. Je lui ai
interdit de m'écrire. Qu'elle se détache. C'est moi qui lui ai montré
comment faire pour ne plus penser à vous, à votre sœur — Élodie,
je crois. Ne cherchez pas à comprendre. Comprenez plutôt qu'il n'y
a rien à comprendre. Il importe de vous arracher à ça. Votre mère,
je l'ai bien connue, je l'ai soignée, je l'ai aimée, elle m'a aimée, à la
folie, je dirais, même. Je veux dire, un amour sans aucune réalité,
vous comprenez? Je l'ai aidée à se sortir de tout ça, elle vous
échappera, désormais. Un médecin doit sauver son patient. D'abord
et avant tout voir aux intérêts de son patient. Contre lui-même s'il le
faut. Ici et maintenant, voilà notre règle. Sinon, où voulez-vous
qu'on aille? Que voudriez-vous qu'on fasse? Qu'on soigne les
morts, les ancêtres, toute la cohorte? Jusqu'où pensez-vous qu'on
remonterait comme ça? Votre mère est partie, je lui ai indiqué moi-
même comment faire. J'ai été patiente, sans cela elle serait morte,

vous savez, d'une façon ou d'une autre, elle aussi. Comment vouliez-vous alors qu'elle vous donne naissance ? Mettez-vous cela dans la tête : votre mère ne pouvait pas être votre mère. Elle n'en avait pas la possibilité. Les raisons seraient trop longues à présenter.Ce ne sont pas des raisons. Il faut en rire. Ayez le sens de l'humour, c'est la meilleure façon. Ah ! Ah ! C'est moi qui l'ai sauvée. Je lui ai indiqué où. Se perdre ailleurs que dans les vagues de l'alcool qu'elle buvait, vous en rappelez-vous qu'elle était toujours un peu partie ? Au fond, vous auriez bien des choses à m'apprendre, l'envers du décor, la suite. Scientifiquement cela aurait son intérêt, c'est sûr. Pourtant. La méthode consiste à sauver une seule personne à la fois. Je ne peux vous prendre en considération. Moi, c'est votre mère qui m'est revenue, voyez-vous. Je ne peux rien vous dire d'autre que cela : elle a parfait un abandon, d'une certaine manière. Comme nous tous, au fond. Elle n'avait d'autre choix que de penser à elle. S'occuper d'elle-même. Qui d'autre l'aurait fait ? N'essayez pas d'insinuer que cela ne serait pas dans l'ordre des choses, vous devrez à votre tour faire ce chemin, vous savez. Vous vous en sortirez bien, vous aussi. La vie n'est qu'un bout de chemin, ne croyez-vous pas ça ? Vous êtes trop jeune, peut-être ? Ça viendra. Qu'attendez-vous de moi ? Que je vous donne une mère ? Impossible. Vous ne l'avez jamais eue. Comment peut-on avoir quelqu'un, de toute façon ? Votre mère était déjà partie, n'est-ce pas ? Je n'ai fait que ça, toutes ces cinq années qu'elle s'est accrochée à moi comme à une mère, justement. Il a fallu aussi qu'elle comprenne ça. Que de malentendus engendre cette idée de mère, de nos jours. Peu de personnes, en ce moment, vous savez, jeune homme, arrivent à... Alors aussi bien en faire votre deuil, non ? Vous êtes habité par quelque chose de révolu. Comprenez-vous ce mot ?

12

Rejoint de son côté de l'histoire de famille que fera-t-il, lui, Maurice, qu'ils n'ont jamais revu, n'ont jamais oublié pourtant — *une image fixe, le père, des photos, une mémoire indélébile.* Quel effet produira la lettre de Klaus quand elle rebondira chez lui? Bombe, message fauve de ce fils dont il n'a pas voulu, avec qui il n'a jamais joué, ni au hockey, ni au baseball, ni aux échecs. *Il ne lui a jamais appris à jouer.*

D'une étape à l'autre ballottée droit au but, une lettre, naïve et primitive: du Centre universitaire d'onomastique toponymique, elle sera réadressée au Secrétariat de Yellowknife, que Maurice a dû fuir après un scandale au champagne et à crédit dans la suite de l'hôtel local. Puis, de Yellowknife, dans les ballots, vers Fort-Chimo, où on ne l'a plus revu non plus depuis les chicanes et déchirements qu'il y a trafiqués de son plein gré. Pourtant, malgré le hasard des étapes elle ne se perdra pas, l'enveloppe blanche. De Fort-Chimo, la secrétaire — ex-religieuse accotée avec un pasteur protestant oublié dans le grand froid — prendra quand même la peine — délicate, minutieuse, consciencieuse — de faire suivre le courrier à l'adresse personnelle,

ultra-confidentielle, où il s'est enfermé à Montréal —
congé avec solde — avec l'intention d'écrire un essai
traitant vaguement des rapports de l'homme avec son
environnement en Amérique du Nord.

Elle le rejoindra, Maurice, cette lettre de Klaus, il n'y
échappera pas. Le réel finira bien par retontir, par
crever, il lui puera au nez comme une mouffette
écrasée. Et que fera-t-il alors? Osera-t-il seulement
ouvrir l'enveloppe nitro-glycérinée échouée dans sa
boîte aux lettres ? Il lui faudra tout réentendre, Maurice,
même si cela doit faire craquer le tréfonds du glacier
dont on n'a jamais vu que la crête, par ailleurs superbe.
Car du réel rien ne s'est jamais perdu, oublié, effacé.

*Dans ces circonstances comment voudrais-tu que je croie que ce
ventre qui se met à boursoufler vient de moi ?* Il faudra réécouter,
Maurice, comment tu sifflais cela, serpent faussement
tendre, aux oreilles de Zella, ils n'étaient pas encore
nés, les jumeaux. Ça ne se bouche pas comme on veut,
des oreilles, surtout de femme. Qu'aurait-elle pu
répliquer, petite fille prise au piège ? *Mes enfants, ces
avortons-là ?* avait-il protesté avec la dernière des violences,
réellement dégoûté par ces boules de chair visqueuses,
bleuettes, qu'on était venu lui montrer après toutes ces
heures d'accouchement fantomatiques durant lesquelles
— de l'autre côté du corridor-miroir — il avait pour sa
part avorté de lui-même, d'une certaine façon. Il ne sait
pas qu'ils dérivent en ce moment sur une route nordique
aux points de repère infiniment éloignés. Les bébés,
leur lait, les senteurs sures, cela l'avait toujours fait
paniquer, lui, aîné de trois filles, dans le bungalow de
carton-pâte de la rive-sud vague à l'âme. *Comment peux-tu
penser que je vais te croire, toi* — il hurlait aux oreilles de
Zella, enceinte jusqu'aux dents, allant jusqu'à la frapper
de colère. Son ventre, où s'agitaient les bébés. On
ne s'imagine quand même pas. Ces choses-là finissent
par arriver plus souvent qu'on croit. En tout cas elle

n'aurait jamais pensé, franchement, un tel délire de sa part à lui : où était donc passé ce sens de la réalité qu'il avait par ailleurs poussé si loin ?

Un homme qui n'a jamais rien possédé. Sans doute pour ça qu'il courait toujours à droite, à gauche, café sur café, réunions, congrès, budgets, assemblées, échelons. Qu'il trafiquait, haïssait, trahissait, donnait jambettes et coups bas à tous ceux qui lui tombaient entre les pattes, ne reculait devant rien pour obtenir ce qu'il croyait désirer, Maurice : non pas l'amour, le bonheur, il méprisait depuis toujours l'ordinaire de ces naïfs désirs populaires, avait très tôt fixé le sien sur la gloriole à courte vue, le prestige de bout de chandelle que font mine de procurer, dans les milieux qu'il avait décidé d'adopter, les écritures et les scribouillages, le lettrage et le doyennage universitaires dans lesquels il « faisait, disait-il pompeusement, carrière ».

Tout ça pour fuir, lui aussi. L'odeur d'enfance, de manque, qu'il avait encore dans le nez. L'autobus jaune orange brinquebalant dans les cahots de ville Jacques-Cartier mal famée. La messe le matin dans le sous-sol de l'école, le surplis rouge passé qui sentait le moisi. Le Kik, l'Orange Crush, les chips Maple Leaf, dans le chalet bruyant des Loisirs municipaux. Les Corn Flakes mouillés de maman. Maman. Leur bicoque mal hivérisée, au fond d'une vaste cour, entre le pont Jacques-Cartier et le La Barre 500. La boue, les panneaux d'affichage, le Curb Service sur le boulevard Taschereau. Son père, mort du poumon à quarante-cinq, avait travaillé sur Ontario toute sa vie, voyageait en autobus 73 soir et matin, avec sa boîte à lunch et le paquet de Players.

Lui, Maurice, partirait. Il l'avait juré-craché devant les étangs secrets et nauséeux du bord du fleuve de l'enfance. Ne passerait pas ses beaux mercredis soirs

comme maman, à pointer dans La Presse les annonces
de viande, à surveiller les prix. Ni ses beaux samedis
soirs comme papa, à prendre pour le Canadien, pour
Duplessis, en se tapant les cuisses avec la bière, les
beaux-frères. Maudit hockey sonore à la radio, et plus
tard c'avait été la tévé, que maman avait gagnée dans un
concours de soupe Lipton, l'année cinquante-trois.
Sortirait de là, à tout prix, à n'importe quel risque,
l'avait juré, craché, dans la boue du dépotoir du bord du
fleuve.

Alors dès la première année, à l'école en brique
brune, dans la cour des garçons, le plus petit de la
classe, le plus jeune encore en culottes courtes, il arrive
le premier. Dans la classe vert olive pleine de morveux
dangereux, des toffes qui épuisent la maîtresse, des
futurs bums de prison, *un milieu défavorisé*, il écoute une
minute sur deux et ça suffit pour qu'il ait cinq sur cinq
en dictée, en calcul, dix sur dix, premier en tout même
en catéchisme, ne donne jamais ses réponses à personne.
Il sait tout, et surtout se faire oublier des grands toffes
malins au fond de la classe.

C'était lui, l'enfant remarquable de l'école, le chef de
toutes les équipes. Les sœurs l'adulaient comme un
ange, le bel enfant, le bel enfant aux yeux bleus.
Drainait tous les anges roses et les étoiles dorées sur
son cahier à deux lignes, une image du Sacré-Cœur sur
la couverture. Le premier, chaque fois, Maurice.

Après la sixième année déjà on avait donc offert de
l'argent pour qu'il aille au collège, pensionnaire-habillé-
nourri-chaussé-logé. Une aubaine, même ! Mais. *Peut-
être ce petit Julien Sorel aurait-il au fond de l'âme une vocation ?
C'était là le calcul des Congrégations, encore à cette époque où le
bouleversement imminent avait pourtant déjà annoncé ses couleurs.*
Elle n'aimait pas tellement cette idée-là, maman, de
laisser partir Maurice vers des endroits si chics qu'elle

n'y aurait jamais elle-même mis les pieds. Ça l'angoissait, à vrai dire, maman qui ne connaissait pas ce mot, de n'avoir jamais eu accès à ce fils, son unique, son préféré, son secret, Maurice qu'un drôle de vent poussait toujours loin d'elle. Ne s'était jamais blotti volontiers dans ses bras, cet enfant insomniaque, têtu comme un âne qui se cabre. Dès deux ans refusait ses avances, les bécots, les mamours.

Mais elle était venue au mariage. C'est même là qu'elle avait aperçu Zella pour la première fois. Une fille sans une graine de bon sens, elle avait vu ça au premier coup d'œil, la vieille femme, au premier coup de l'œil en fuite de cette Zella au prénom pas catholique. Elle était venue tout simplement, comme elle était, elle n'allait pas se mettre à changer de langage ou de linge à son âge. Elle était accompagnée de son frère Léonard de la campagne. Dans son habit bleu marine il avait servi de père — papa était déjà mort du poumon à quarante-cinq. Ils avaient fait leur possible pour paraître le moins possible, boire le champagne même si ça goûtait drôle, manger sans lever le cœur les amuse-gueule persillés aux œufs de poisson, crevettes malignes, anchois grisâtres, servis sur plateau, serviettes de toile irlandaise, cure-dents en ivoire sculptés, serviteurs. De la famille opposée, on venait leur parler à tour de rôle. Ils s'étaient sagement assis sur les chaises droites les plus humbles, dans un coin de ce salon sombre, surchargé de vieux meubles foncés qui viennent de chez les Anglais, il savait ça, Léonard, parce qu'il avait été fermier dans les Cantons de l'Est durant la guerre. Et Maurice, le beau Maurice, s'était loué un habit gris rayé comme dans les revues françaises, eh! qu'il était donc beau, son Maurice, avec ses cheveux noirs longs et son pinch d'acteur, le jour de son mariage avec cette belle grande jeune femme trop maigre, trop plate, *une vraie planche à repasser* avait dit Léonard. Elle savait bien, maman, le cœur lui serrait, *Maurice, pourquoi piquer du nez dans ce monde-là ? Ça n'a pas une graine de bon sens, Maurice, ils ne nous aiment pas plus qu'on les aime, Maurice, c'est une chose qui n'est jamais arrivée et qui n'a jamais été possible.* Elle ne connaissait pas la devise aux dents serrées de son fils bellâtre, la devise depuis la noirceur de l'école primaire, depuis toujours cette petite phrase, cette ritournelle, sa formule magique, *serait-il possible que ce ne soit pas possible, que ce ne soit pas possible ce que je veux, serait-il possible...*

Tout ça se passait autour d'une piscine pas croyable, des plates-bandes de fleurs d'une beauté rare, comme au Jardin botanique où elle allait une fois par année voir l'exposition de la Fête des Mères. De beaux grands ormes brillants et verts. L'autre mère avait une robe blanche vaporeuse en organdi, les cheveux blonds coiffés léger, la peau traitée, tellement qu'on aurait dit une jeunesse à côté de maman, ses souliers lacés, ses bas de fil épais pour les varices.

Et il avait fallu qu'elle raconte tout à la voisine qui l'avait vue, par la fenêtre, sortir de la voiture grise conduite par le chauffeur à casquette — *quelle honte, quelle drôle et incompréhensible humiliation à l'envers.* Maurice ne l'avait même pas embrassée, en partant. Des années durant, après, il saura, il sera remué secrètement par ce souvenir. *Le départ de maman, il évite de l'embrasser.* Cette scène — *il la laisse monter toute rose de gêne, humble, minuscule, dans la voiture louée et conduite par un chauffeur à gants gris, à face snob. Il fuit plutôt que de la reconduire lui-même à Saint-Hubert, il ne l'embrasse pas.* Il devra réentendre ça toute sa vie, le silence agrandi dans les yeux pâles de maman qui voient tout, mirent tout, comprennent tout. Il devra se sauver comme la gerboise des enfants, la perruche Kiki.

Est-ce pour ça que tu as continué à la délaisser, dans la banlieue sans trottoirs, sans arbres, où elle a migré plus tard avec son frère

Léonard de la campagne? Est-ce pour ça que quand les jumeaux se sont annoncés tu as bondi comme un loup enragé, Maurice? Est-ce pour ça que tout va bientôt te revenir en pleine face, comme le sling-shot du terrain vague de ton enfance vague à l'âme, Maurice? Le réel-boomerang, ça finit toujours par rebondir, Maurice!

Avatars

13

Car un homme, quand son foyer lui
donne la nausée, n'a qu'à s'en aller, pour
dissiper son ennui, vers un ami ou
quelqu'un de son âge.

Euripide

Nous voilà en plein été. La canicule, comme ils disent, dans les livres français. Et dans la grande puanteur, suante, irréelle dans sa tunique indienne transparente, à ma grande surprise madame la docteure Lavigne est en personne survenue par la porte d'en arrière, dans la roulotte de Stie, les onze heures passées, hier soir. Les gars étaient saouls morts comme d'habitude. Ma sœur traînait dans le cheap déshabillé de nylon rose décoré de noir que Stie lui a acheté en passant à Mont-Laurier la semaine dernière. J'avais mis ma cassette des Rolling Stones, Mick Jagger miaulait, les gars disaient : « Mets donc du français, le jeune », comme chaque fois que j'écoute ma musique.

Quand elle est entrée ça s'est tu, sauf le son, c'était *Mother Little Helper* qui jouait. Elle a dit, en l'apercevant :

Élodie. Et tout le monde l'a regardée déposer sur la table
d'arborite beige à petites fleurs dorées une bouteille
complète de pilules blanches qui injectent les yeux de
sang rose, exorbitent le globe oculaire des tchums de
ma sœur. Et les gars les ont sorties, leurs piastres,
comme dans un vrai ballet western, tous ensemble et
sans dire un mot, bien entendu. Puis elle a pris tout son
souffle pour dire d'une traite, sur un ton hindouesque :
« Après ça c'est fini, les gars, j'pourrai plus vous fournir,
ils vont m'attraper au contrôle, y'a des nouvelles direc-
tives, déjà ils se méfient de moi, c'est encore plus
surveillé que jamais, le bon temps est passé, vous vous
débrouillerez autrement, allez voir à la pharmacie, peut-
être, mais moi j'veux plus entendre parler de vous,
compris ? » Et j'ai bien vu qu'elle avait fait un gros effort,
qu'elle chiait dans ses culottes, elle en menait pas large,
malgré les apparences, madame la docteure.

Les gars n'ont même pas ouvert la bouche, c'est
entendu. Ils se séparaient les pilules en ricanant. Celui
qu'ils appellent Le Gras — je ne sais pas si c'est son vrai
nom ou si c'est à cause de ses cheveux plaqués noir
bleu, toujours luisants de graisse humaine — celui-là
s'est même levé en chambranlant, il a éructé quelque
chose comme : *Voyons donc, la belle Madame, on prive pas des
gars comme ça.* Et il avait l'air mauvais, franchement,
sortant ses gros biceps de sa camisole noire, avec son
bracelet de cuir au poignet gauche et son anneau
magique de pirate à l'oreille droite.

C'est probablement à cause de ça qu'on a notre
jobine. À cause de ça et d'autre chose. Elle ne savait
plus du tout comment faire pour sortir d'ici, la belle
doctoresse mûrie comme une prune. Alors elle m'a dit
en me prenant le bras, comme pour finir une phrase :
« J'ai besoin de quelqu'un pour mon sous-sol, si ça
t'intéresse, avec ton tchum, venez donc demain, dans le
courant de la journée. » Et elle a vite filé, avec ses

bracelets cliquetants d'argent lourd, ses bagues à chaque doigt ou presque, comme si elle avait le diable à ses trousses. Mais elle a ajouté, coquine, avant d'entrer dans sa Volvo jaune orange : «Surtout, oublie pas d'emmener ton beau tchum, hein ?»

C'est comme ça qu'on a eu le contrat. Finir les deux pièces du sous-sol de son split-level qui paraît tellement plus grand qu'il n'est. En nutty-pine naturel-naturel, comme il se doit. C'est pour aménager des «salles de thérapie collective pour petits groupes», qu'elle a expliqué, et Gino n'en est pas encore revenu, même si je lui ai raconté ce que c'était, et que moi, avec ma tante Clorinne et son mari, j'étais bien habitué à ces choses-là. Elle nous a donné le guide Reader's Digest, tous les numéros de Rénovation Bricolage, une caisse de bière. On en a pour des mois, je pense, si on veut étirer ça. *Le vrai jack pot*, jubile Gino qui fait le beau. On travaille juste au-dessous de son bureau, à Dominique (elle m'a même dit *on se dit tu*). Elle commence peut-être à se tracasser pour moi ? Des fois, ça pourrait peut-être arriver, qui sait ? Au milieu des sacs de plâtre, des couteaux à mastic, des planches de nutty-pine, je prends tout mon temps. *Pas de quoi s'exciter*, qu'on s'est dit sans le dire. La seule chose qu'on n'aime pas du tout, dans l'affaire, c'est le grand silence. Pas de radio ni rien, ça dérangerait les pensionnaires, comme elle les appelle. Mais on peut boire de la bière tant qu'on veut, c'est le principal. Aussitôt installés, j'ai mis Gino au travail, et moi je suis allé me promener dans le couloir.

Je les regarde. Qu'est-ce qu'elles font ici, pour l'amour ? Pourquoi ? Rien de la journée. D'ailleurs c'est écrit sur les murs qu'elles n'ont pas le droit de lire, ni de recevoir d'appels téléphoniques ou de lettres, ni quoi que ce soit. Il y en a qui pleurent, d'autres qui rient, yeux rougis, chuchotis, nerveuses, catiminis. Elles s'occupent beaucoup de leurs petites pilules d'après ce que je vois, des rangées de bouteilles sur chaque table de chevet, à heures fixes. Et de l'eau. Elles n'ont pas le droit de manger. C'est écrit partout : *Nourriture strictement défendue*. Il y en a qui passent la journée à dormir, on les comprend. Tricotent. Se font bercer par des infirmières en blanc. J'en ai vu une qui buvait un biberon Playtex, une autre qui suçait son pouce couchée en fœtus dans un lit, décapotage de décapotage. Personne ne crie, ça donne plutôt un fond de lyrage comme accompagnement, ça fait penser à Élodie-Mélodie, ma belle. Aucune n'a les cheveux gris. Elles passent leur journée en robe de chambre, en traînant leurs savates de phentex dans le corridor.

Hier, il y a eu un drame parce qu'une des femmes avait volé un couteau à prélart que Gino avait laissé traîner. Il paraît qu'avant de venir ici elle se promenait toujours avec un couteau à prélart dans son sac à main. Drôle de monde. Certaines sont maquillées, shinées, comme si quelqu'un devait venir les sortir de là bientôt. Les autres sont plutôt pâles, flétries, vieilles laitues.

J'ai même réussi à fouiller dans les classeurs de Dominique, pendant qu'elle était occupée à placoter avec Gino, inutile de dire qu'ils s'entendent de mieux en mieux, ces deux-là. Vacherie. D'abord je n'ai rien trouvé, ni dans les D, ni dans les G. C'est à Z que se trouvait le dossier de ma mère. Seul dans la catégorie des Z. Mince enveloppe brune, sans nom, une vraie chance de tomber là-dessus. Mais à part ça, rien de fameux. Une fiche technique, avec l'adresse de mon père en cas d'urgence. Mon œil. Nos deux noms : Élodie, Klaus. Poids, taille, yeux bleus. Je me rappelle plutôt des yeux VERTS, ou GRIS, mais pas BLEUS, en tout cas. Souvenirs. J'ai essayé de comprendre le reste, mais les mots sont capotés rare : masochisme de décompensation, dérépression, hystérie de compensation, régression orale et autres détails du genre, ça ne me dit rien. *Bull shit.* Sauf que ma mère est passée par ici. Et maintenant où serait-elle ? Voilà le genre de petite question qu'on a intérêt à éviter dans le grand vent de la vie-mort qui souffle de tous bords tous côtés. Genre de petite question vache. Ça pince le sternum en direct, me fait suer par tous les petits trous partout, m'empoisse les mains, me bloque le sang, alors une bière, un joint, n'importe quoi. Effacer. Faire taire les voix en points d'interrogation pointus, coupants, les voix d'avant en fading mélangé. *Stop it. Cut it. Look here and now. No future. Nowhere. Nobody. Oh boy !*

Il y avait aussi du gribouillage, dans l'enveloppe, sur des vieux bouts de papier. De la patte de mouche de cette bonne vieille docteure, évidemment.

J'aime Zella. trop. faut éviter absolument éviter l'identification.

Tu vis par procuration tu bois le sang névrotique de tes patientes. Psychiatrie : métier de vampire.

Tellement besoin d'une mère. Toutes pareilles. Un seul problème : le commencement, là d'où ça part, se sépare, se déconnecte.

Elle est venue à sa séance malgré la tempête de neige. Ne pas outrepasser le cadre spatio-temporel. Ici et maintenant. La digue. Tes patientes ne sont probablement rien d'autre que ta propre peur de sortir dehors. Vivre ta propre vie. Un peu comme un romancier qui ferait vivre des personnages. Pourquoi toutes des femmes ? Je maintiens des personnages en vie, moi.

Est-ce possible ? Si elle doit partir, qu'elle parte. Il faut qu'elle le fasse. En finir. Tu dois trancher au scalpel. Tu le dois, c'est ce que tu as appris. Bistouri. Rien ne cicatrise parfaitement, il reste toujours des adhérences. Adhérences.

14

C'est à observer, en réalité, bomber le ventre plat du corps garçonnier de Zella, que probablement ça s'était mis à déraper vraiment, l'histoire qu'il avait précocement échafaudée — il faut ce qu'il faut — avec les femmes. C'est à ce moment-là qu'il avait cru pouvoir quitter la route, Maurice, prendre la clef des champs. Comme si c'était possible, ce qui n'est pas possible.

Il savait depuis toujours que la grossesse est un coup bas dont les hommes doivent se méfier, qui peut retontir n'importe quand. Deux sœurs étaient venues s'ajouter, de cette même manière de femme, dans le bungalow de ville Jacques-Cartier mal famée. Au travers des cloisons minces, dans les nuits noires, enfant, il avait eu tout le temps de comprendre comment deux et deux font quatre, cinq, six, c'est possible. Voilà de quoi parlaient toute la journée la tante Rose d'à côté et maman, en chuchotements féminins. Les gars avaient aussi raconté, parfois, en échange de devoirs de calcul, de compositions françaises, sur le terrain vague jonché de Seven-Up cassés, de canisses rouillées, de mégots à fumer avec cure-dents, que les filles, dans l'école d'en face, du sang, quand ça ne vient pas semble-t-il, toute une fantasmagorie plutôt éprouvante dans laquelle Maurice, fin-fin, avait tout de suite sélectionné l'essentiel : que les hommes de leur côté n'ont heureusement rien à voir à tout ce rouge, qui ruisselait sur les mains de maman quand il espionnait qu'elle avait ses règles et qu'il s'angoissait *est-ce qu'elle est malade est-ce qu'elle s'est fait mal*, quand elle coupait le foie de poulet pour le dîner du samedi, et que ça coulait rouge, dans l'assiette, le roastbeef qu'elle mettait devant lui et qu'il ne mangerait certainement pas, certains dimanches jugés fastueux.

Et voilà que des années plus tard, alors qu'il venait de s'enligner sur le trajet grâce auquel il croyait échapper au rouge, voilà que l'impossible s'était crûment mis à basculer du côté du réel. Voilà que de cette vie, qu'il avait jusque-là réussi à résoudre comme une formule mathématique, il s'était réveillé en sursaut, comme on le fait parfois d'un rêve pourtant parfaitement plausible.

Voilà que Zella lui avait dit (en fait ils ne se connaissaient que depuis peu, ils avaient sauté les yeux fermés sur l'occasion que représentait encore, à cette époque, dans leurs milieux respectifs, un mariage traditionnel), voilà que, la voix tremblante, Zella rougissante s'était mise à raconter ces histoires de rouge, voulant l'y mouiller semblait-il, qu'elle était en retard de six semaines, qu'elle vomissait le matin, que son ventre, *tiens, regarde-moi la taille*, et que le pharmacien avait de toute façon confirmé les faits par un test de grossesse positif. Ce soir-là, pour la première fois de sa vie orgueilleuse et téméraire comme un monument, il s'était trouvé le bec cloué net, la parole coupée vive, aphasique, les mots et le cerveau à blanc. La peur. Une peur. La première. Il avait reconnu ça. Mais ce qu'il avait pensé à ce moment-là, que c'était IMPOSSIBLE, il s'était bien gardé de le dire, cela ne s'était même pas formulé comme tel. C'était plutôt comme de se voir l'hiver sur une route glacée, les pneus qui dérapent, les freins qui n'obéissent plus, et tout d'un coup savoir que c'est éminemment réel, l'accident qui va vous tuer, peut-être, dans trente secondes de contrôle dérisoire. L'inévitable. Alors fuir. Gruger une issue comme un rat. L'instinct de fuite.

Il avait fallu les neuf mois suivants pour que la métamorphose de sa femme décalque sur lui. Neuf mois n'avaient pas été de trop pour pasticher une grossesse, en quelque sorte, par en dedans, aussi prévisible, en vérité, que n'importe quelle transformation ou magie — on peut tout faire avec le corps, il n'y a pas de limites, sauf, par exemple, le fait d'être un homme. Pour sa part. Il avait fallu que se développe lentement une solution pour que le réel redevienne envisageable, vivable. *Impossible que cela soit possible. Face it.* Pendant ce temps où, en réalité, les jumeaux se mettaient à vivre de leur côté de la surface de peau, du sien et de tous les côtés avait grossi comme une vague l'idée de fond qu'il n'avait rien à voir avec ça. *Depuis quand, selon quelle logique, les hommes auraient-ils quelque chose à voir avec ce liquide un peu visqueux qui leur sort du corps lors de délires souvent mitigés, ce sperme aléatoire qui se révèle parfois fécond, qu'ils éjectent sans y penser, dont ils n'ont rien à foutre, une fois qu'il est sorti du corps. Depuis quand et pourquoi cette idée, ces sentiments de femme?* Qu'avait-il bien à foutre, lui, Maurice, de ce ventre qui grossissait supposément d'un coup tiré en trop, sans joie, sans plaisir véritable, dans le ventre de cette femme qui maintenant s'imaginait qu'elle allait lui attacher sa vie avec un hasard, une malencontreuse bête microscopique dont il n'avait rien à foutre, vraiment. Le réel ne faisait pas l'affaire. Il fallait le changer. Même après coup. Tout est possible. Reconstituer les faits. Serait-il possible que ce soit possible!

Et si on faisait le décompte des dates. Les voyages qu'il avait faits, à cette époque, dans l'Ouest canadien. Et le peu de fois où.

D'ailleurs Zella, comme toutes les femmes. N'avait-elle pas
avoué comme une faute, oui, deux jours à peine avant
le mariage! avoir été naguère follement amoureuse
d'un homme beaucoup plus âgé qu'elle. Un homme que
Maurice ne connaissait pas, dont elle lui avait caché le
nom parce qu'il était connu à Montréal, avait une
femme, trois enfants, et pour cette raison... *Oui, il fallait
reconsidérer de toutes pièces le réel peu plausible. Qu'on prouve une
version si on était capable.* La machine s'était mise à
machiner, tranquille, progressive, par petites touches.
N'importe quoi. Il inventait n'importe quoi. *Tu es fou,
Maurice* — elle criait si fort qu'il fallait fermer les
fenêtres. *Un an, deux, trois ans s'il fallait.* Il attendrait. Son
sang était froid, ses nerfs aiguisés, sa passion fort
calme. *Tu es complètement fou, Maurice.* À force d'homéo-
pathie la drogue infiltrée dans leur faux ménage
deviendrait un jour indispensable. Et l'emberlificotis au
fil de la déraison, il saurait bien y mettre les ciseaux, au
moment propice. Une mithridatisation à l'envers. N'ayant
rien à voir avec cette idée de femme. *Né d'une femme.*
N'ayant rien à voir avec le hasard d'une malheureuse
semence trop vivace! Une seconde de trop et voilà
qu'un ovule, un vulgaire œuf, ça vient de repartir
l'affaire, la famille. Et qu'aurait-il eu à foutre, lui,
Maurice, de ce hasard? *L'idée de paternité n'est qu'une
abstraction de femmes une idée qui en vérité n'arrange qu'elles.*
Voilà où ça se traquait-trafiquait. Voilà comment ça se
fuyait. Et papa qui était mort du poumon, à quarante-
cinq ans.

L'idée avait fait son chemin aussi sûrement que les
cellules se multipliaient dans le ventre de Zella, et que
perfusait le délire comme un liquide. Au fur et à mesure
les mots, au compte-gouttes, pénétraient, insidieux, par
l'oreille, suivaient chaque artère pour s'en aller détruire
l'affolée, la petite fille. Alors elle qui, déjà, avec le
courage commun aux impuissants, s'était soumise aux

traîtres lois qui depuis toujours conseillaient, perfides, *marie-toi, n'aime pas qui tu aimes*, elle n'avait trouvé d'autre répit que de s'engourdir douloureusement avec les bouteilles de l'alcool qui traînaient exprès, on aurait dit. Diluer de plus en plus fort l'insupportable douleur de voir sa propre vie se gâcher aussi vite et irrémédiablement qu'un barbeau d'enfant de trois ans. C'était trop.

Non seulement avait-elle, stoïque, renoncé à l'amour de ses vingt ans, le peintre à barbe blanche qu'elle avait connu au sortir de l'adolescence alors qu'elle attendait benoîtement le grand bonheur, les hommes, et tout le reste de la supercherie. Son bohème poivre et sel, américanoïde, de la rue Maplewood, elle avait accepté de le quitter. Ne plus téléphoner. Lui laisser l'initiative. *Don't call us we'll call you.* Évidemment, plus de nouvelles, par après. Même pas un carton d'invitation, pour le vernissage de l'exposition qui avait été annoncée dans Le Devoir en toutes lettres. Rien qu'un sexe moite, le désir aigu, un corps en proie à lui-même. Beau résultat. Et aucune idée de ce qu'on peut faire avec ça.

Un homme qui aurait pu être son père, en vérité. Elle l'avait laissé faire. Puis il l'avait confondue, littéralement, de mots. *Mon amour je t'aime*, disait-il, *c'est vrai*, disait-il, *mais le réel, le réel, la sagesse, mon amour*. Et voilà qu'après cette démarche surhumaine pour obéir aux lois qui répétaient *marie-toi marie-toi* depuis longtemps — au couvent, les sœurs, sa mère — voilà que des mots, encore, venaient trahir.

Cette idée fixe de Maurice. Que ce ventre qui poussait ne le concernait pas. Qu'il fallait donc nécessairement qu'elle ait continué à fréquenter en cachette l'ex-amant aux tempes grises qu'elle n'avait jamais eu le courage de lui présenter, qu'elle n'avait probablement cessé d'aimer. Ou un autre. Peu importe. En tout cas,

elle ne pouvait nier que. Un mariage de pures conve-
nances. La négation vive s'était transformée en doute,
puis en certitude. Alchimie bizarre, machine irrévocable.
Il s'était mis à y croire plus férocement qu'à n'importe
quoi, Maurice. À force de parler de tout ça avec ses
collègues, probablement, ces hommes du département
d'Études nordiques pour lesquels il élaborait ses scénarios
et qui renchérissaient : *Les femmes, Maurice, toutes pareilles.*
Surtout belles. Des hystériques, des folles, des guidounes, des catins,
des putes, des vraies folles, toutes.

Il ne pouvait pas avoir fait un tel ventre hideux,
pointu, parfois, quand le bébé se mettait à bouger. Il
était prêt à toutes les identités mais pas à celle-là.
Qu'elle sache la maudite qu'il ne croyait pas une miette
de ce qu'elle disait. Qu'il avait de bonnes raisons
d'affirmer ce qu'il prétendait. Des raisons connues de
tous, dans sa famille d'hypocrites à deux faces. *Maudite*
niaiseuse, maudite guidoune bourgeoise, on s'est mariés parce que ta
mère te faisait peur, parce que ton vieux n'a jamais voulu quitter sa
femme pour toi, maudite mère ivrognesse de bâtards que je ne veux
même pas voir.

Et c'était en lui mûri comme le fruit qui va tomber
de toute façon quand, au cours de la mission exploratoire
qu'il avait acceptée de faire au Yukon dans l'espoir que
Zella accoucherait pendant son absence, dans un bar, le
garçon au corps reptilien, au sourire pervers qu'était
Willie, l'Indien de Whitehorse, le regard noir dans
le rouge du bar et la décharge brutale que soudain ce
corps, ce corps ! Même pas surpris, Maurice. Comme si
c'avait toujours été su au fond de lui. Comme s'il
attendait ça depuis longtemps sans le savoir. Depuis
l'enfance vague, maman le regardant continuellement
faire ce qu'il avait à faire, et papa mort du poumon à
quarante-cinq ans, misérable. C'était là depuis longtemps cette passion qui ne faisait pas son affaire, cet

orage qu'il ne s'octroyait pas, ce feu auquel il ne désirait pas brûler. Et voilà que dans un bar perdu, dans le froid glacial de Whitehorse surgelée, ce jeune homme, cet enfant mince comme une feuille, au regard noir perdu, cette passion centrale dans l'ascenseur déjà, les lèvres s'attirant pour sucer jusqu'au vide, les cheveux magnifiquement bleus de profondeur sur sa peau, la peau, la peau pour la première fois touchée, cuivrée, rouge, du garçon filiforme au sourire ambigu, oriental. Ce que ça soulevait, érigeait, érectionnait de sauvagerie, de démence dans la fuite en avant, dans la décharge enfin possible du désir où pouvait enfin s'annuler la peur, s'oublier peut-être ce faux chemin, ce cul-de-sac, cette impasse, ce guêpier dont par miracle un voyage, une excursion, les espaces surgelés lui offraient la clef de sortie, le couloir étroit qu'il fallait emprunter, envers et contre tout. Il avait cessé de reculer. Il s'était laissé tomber dans la passion rouge où s'annulait la peur. Toute peur! Et que les spermato se gaspillent enfin, aillent se foutre en lieu sûr, ailleurs que dans ces matrices embêtantes et rougeoyantes des femmes.

Trois semaines après, inexorable, l'accouchement. Il n'avait encore rien raconté. Ne dirait rien. Mais le secret brûlant de Willie dans l'hôtel surchauffé de Whitehorse le tenaillait de près pendant qu'il attendait, avec d'autres, dans la salle réservée aux heureux pères. Cela le démangeait, l'éloignait à jamais de ce qui était en train de se tramer, dramatiser, dans la chambre verte juste à côté: lamentations de Zella qui parvenaient étouffées, miaulements de nouveau-nés, infirmiers masqués circulant pressés avec les bassines rouges, odeur médicale, éther. Le temps. Le temps de passer à la salle d'accouchement, l'anesthésie et enfin, le médecin venant annoncer que c'étaient des jumeaux. Deux corps pour un. Étrange. Plus étrange en réalité que tout ce qu'il craignait d'imaginer, lui, Maurice, et qui venait de sortir de ce méli-mélo de sang, de bave, de cette alchimie de tous les liquides poisseux, mélangés de génération en génération.

Puis une voix froide, monocorde, impersonnelle, s'adressant à lui (*pourquoi me dit-il tout ça à moi?*) expliquant, louvoyant: «La fille, Monsieur, la dernière-née, ne sera probablement jamais ce qu'on appelle une enfant normale, vous me comprenez? Votre femme ne le sait pas encore, Monsieur. Il faudra le lui apprendre avec ménagement. Un accouchement très difficile. On a limité les dégâts du mieux qu'on a pu, Monsieur, vous êtes réellement chanceux que Madame... Elle a beaucoup souffert. Dort, maintenant. Tranquillisants. Et les deux enfants, Monsieur, un cas extrêmement compliqué et bien impossible à prévoir, je vous en donne l'assurance. Un bassin particulièrement étroit, vous voyez, combiné à un utérus incroyablement paresseux. Ce sont des choses qui arrivent, Monsieur, et je n'oserais pas dire que Madame. Enfin, je ne sais pas, elle ne faisait rien pour collaborer, vous savez. Elle aura peut-être besoin de soins en psychiatrie, on ne sait jamais comment elles vont réagir, vous savez. Enfin, le garçon est tout ce qu'il y a de plus beau, venez voir, un beau gros bébé. Mais la fille à dû être réanimée, vous savez. Ce sont des dégâts difficiles à mesurer, pour le moment, et vous pouvez vous dire, Monsieur, que le physique est intact.»

Cela avait pris du temps avant qu'il puisse partir définitivement, se tirer du cocon rouge du nursery room des femmes. Des années d'enfer domestique dont seule la vie ailleurs, avec Willie qu'il avait ramené à Montréal et qu'il faisait vivre dans une chambre près de l'université, le tirait à heures fixes, à journées fixes. Une métamorphose progressive. Mais Zella ne voulait pas voir. Elle en avait assez vu. Se fermait les yeux, se bouchait les oreilles. Clorinne avait bien essayé de lui faire admettre les signes repérables, Zella ne voulait rien lire. Plutôt fuir. Délirer. Boire. Excessivement.

Un tournant décisif avait été pris, probablement, le jour où Maurice s'était fait couper les cheveux par un coiffeur avec lequel, hélas, Willie avait eu une courte liaison. Celui-là avait bouclé le toupet, ridicule, fait des mèches pour atténuer le gris des cheveux, déjà. Rentrant à la maison, Maurice avait vu l'étonnement muet de Klaus, le regard hyperlucide du mutant accusateur. Et il savait, Maurice, que Zella avait elle aussi terriblement de mal avec les images, qu'elle ne pourrait pas s'habituer, cette fois. Depuis quelque temps il avait coupé barbe et moustache, glabre, s'était mis à porter au cou des lacets de cuir tressé, bracelets au poignet, babioles voyantes qui faisaient la joie d'Élodie la crétine. Peu à peu il avait laissé la vérité faire surface sur son corps, se pavanant comme un paon. *Beau, beau*, qu'il faisait, silencieux, tournant sur lui-même, entrechats légers, déhanchements, amincissement prodigieux de tout le corps, fuyant comme une passoire dans la grâce même du désirable. Une nouvelle façon de prononcer, en chuintements. Des blouses colorées et brodées venues des Indes, d'Afghanistan, du Sénégal, de la Martinique où il voyageait à qui mieux mieux. Et Zella qui voyageait de son côté mental, de plus belle, dans ses brumes éthyliques, si loin d'Élodie et de Klaus — *deux petits, immobiles dans la chambre, face aux Walt Disney, aux minibrix, ils ne jouent pas, ils attendent, pendant que se tisse nœud par nœud le secret qui plane sur l'enfance.*

Cela avait pris du temps mais c'était venu. À la faveur d'un séjour de Zella dans une maison de repos euphémique que Clorinne avait dénichée pour elle à la campagne, la belle-mère était elle-même venue le trouver, en toute solennité. L'œil aigu comme le faucon, altière dans sa robe noire : n'avait-il pas osé les braver jusque dans un souper où il s'était présenté accompagné de ses deux enfants et d'un étudiant blond habillé en

rose pâle auquel il n'avait cessé toute la soirée de faire
des œillades vulgaires et déplacées?

Elle était survenue chez son gendre où d'ailleurs,
financièrement parlant, elle était rigoureusement chez
elle, et avec toute la dignité qu'elle croyait devoir à sa
culture, à son âge, à sa caste, elle avait dit, très dix-
septième siècle: «Partez, Monsieur, qu'on ne vous
revoie plus, cela est assez. Je prendrai soin des enfants
de ma fille jusqu'à ce qu'elle soit en mesure de le faire
elle-même. La situation ne saurait durer plus longtemps
et vous savez, j'espère, qu'en pareil cas la loi serait
inflexible.»

Un retour du réel

15

C'est reparti. On va repartir. On n'a pas le choix,
encore une fois. Marcher, rouler, partir, ailleurs.
Faire semblant d'agir, quitter. S'acharner. Un seul
moyen de gagner : couper. Parce que la vie. Elle
s'acharne, la vie, on dirait. La vie au grand air de la
campagne pacifique, ça vient de finir. Ou de commencer,
c'est comme on veut. Rien à comprendre. Ça a fait son
temps, ç'a l'air, un bout de temps. Juste assez court pour
que le vent de la vie-mort se remette à souffler son
grand souffle. C'est arrivé. Élodie-Mélodie. C'est arrivé
quand ? C'est arrivé hier. Hier soir.

Hier soir comme je revenais, tranquillement pas
vite, l'âme en paix du calme avant la tempête, de chez la
docteure où on fait semblant de travailler. Gino habite
là, maintenant, en tout cas il a déménagé toutes ses
affaires. Il faisait beau-beau-beau, les feuilles étaient
brillantes sur les arbres, un temps à couper le cœur,
comme l'ombre des branches, tranchée, au soleil, sur le
bleu. Je chantais *Like a rolling stone*, il faisait clair-clair-
clair, cinq heures, cinq heures et demie. Un peu saoul et
gelé comme d'habitude, j'étais quand même bienheureux
comme un pape, et relax et flyé par l'atmosphère au

beau fixe de la nature en pleine clarté d'août. Et quand j'ai vu Stie de loin qui attendait, assis dans sa chaise d'aluminium en buvant sa 50 salière en main, avec Élodie qui mangeait un épi de blé d'Inde à côté de lui, j'ai pensé qu'ils profitaient de ça, tout simplement, eux aussi.

Mais quand je me suis approché de la roulotte et qu'il m'a dit « Salut » en regardant le bout de ses bottines jaunes, j'ai tout de suite vu qu'il y avait quelque chose qui clochait malgré les apparences encore une fois, et qu'il ne faudrait pas se fier trop longtemps au genre cosy-cosy de ce petit vendredi soir pépère. Ce que j'ai pensé en premier, c'est qu'il se préparait à me sortir ce que j'attendais depuis longtemps : « Fais tes petits, chnaille, scramme d'icitte, et essaye jamais de remettre la main sur ta sœur, elle est à moi. » La pompe s'est mise à me débattre dans le corps comme une folle, même si j'avais depuis longtemps prévu qu'un jour on aurait affaire l'un à l'autre, Stie et moi. Mais ce n'était pas ça, apparemment : mon hide-bed était encore défait, ma brosse à dents était encore à sa place.

Au bout de cinq bonnes grosses minutes à se dévisager comme des chiens de faïence, ça devenait compliqué de rester là à rien dire, j'allais m'en retourner au bar-salon, quand il s'est décidé : « Ta sœur, j'pense qu'elle est partie. » Puis il est resté là sans bouger d'un poil, à fixer ses maudites grosses bottines jaunes. Pas un mot de plus, ça, j'étais bien sûr qu'il n'en dirait pas un de plus, le gros gorille poilu en bedaine. Et j'ai beau savoir qu'on est tous capotés, je ne comprenais rien à rien puisqu'Élodie était bien là, visible en face de moi sur le tapis d'ozite vert du perron préfabriqué, dans son déshabillé de satin jaune poussin, ses pantoufles à minou, elle aime tellement les sets, Élodie-Mélodie. Elle était là, et aussi réelle que n'importe quelle image de Walt Disney dans nos livres d'enfant, Élodie, ma sœur jumelle, ma belle au bois dormant de roulotte décapotée. *Qu'est-ce que ça veut dire ?* Il s'est mis à renâcler comme un porc. *Le porc.* Et elle me regardait encore une fois avec ses yeux de chatte qui voit bien qu'on parle d'elle et qui ne comprend rien de rien, Élodie mon Élodie, ma légère ombre au tableau, mon amour de banlieue déguisé Laurentides.

C'est même à la regarder faire semblant de rien, à un moment donné, que ça s'est allumé. L'idée a passé comme un éclair de phosphore dans mon cerveau ralenti, un zigzag sur un écran cathodique ; je l'ai vue s'en aller mais j'avais quand même eu le temps de l'attraper au vol, l'oiseau de malheur, l'idée. Le flash, l'alarme, le buzzer : tout est parti en même temps, comme les pompiers. Et c'est revenu. Depuis hier ça revient sans arrêt, fréquence accélérée. C'était bien l'idée, la bonne, il faudra s'habituer à celle-là en plus des autres. La lumière rouge clignotait, ça s'est amplifié, le bruit. J'aurais bien enfilé une bière à ce moment-là, mais les mots ne filaient pas pour demander quoi que ce soit. Ça s'est mis à prendre en dedans, hululer comme le hibou de la nuit. Le cœur m'a serré, pincé par une épingle à ressort. Le doigt dans la porte. J'ai tout compris et d'un seul coup, j'ai vu ça devant moi, et en arrière et en avant. Le retour de la chauve-souris. Oui, ça devait être ça, il n'y avait même que ça comme explication : ta sœur est « partie ». Partie. C'est logique. Tellement logique. Suffisait d'y penser.

Enceinte. Élodie est enceinte. C'est évident, ça crève les yeux que c'est ça qu'il veut dire. « C'est ça que tu veux dire maudit cochon, hein ? » Il a juste secoué les épaules, le gros porc, mais il a baissé les yeux, au moins, *l'hostie l'écœurant*, et en même temps, au même moment, j'ai vu le regard doux pas fin d'Élodie qui ne comprend jamais rien s'allumer pour une fois, s'agrandir, parce

que cette fois-là mademoiselle avait comme de raison
tout entendu et tout compris, et elle avait déjà les deux
mains sur le ventre avec l'allure programmée des filles
de neuf dix ans quand elles bercent leurs poupées sur le
balcon, oh boy! Tout ça s'est passé vite en maudit. Trop
tard pour rattraper mes mots, les ravaler, les engloutir.
Trop tard pour empêcher les processus vitaux de la vie-
mort de procéder. Décapotage de décapotage.

« Une maudite affaire. Bien maudite affaire », qu'il a
dit, Gino, ce matin, les yeux bouffis. Mais ça s'arrange,
aussi, qu'il a ajouté, à moi seulement, la main sur
l'épaule et l'air fin-fin. L'air fin-fin de celui qui couche
dans le lit de la belle docteure, ça m'a tout l'air.
Vacherie. Ça s'arrange! Je ne suis pas si sûr que ça
s'arrange, moi, à voir Élodie, son sourire de Joconde
depuis hier soir, couchée sur le sofa rouge vin toute la
nuit, à dodeliner du corps en fredonnant *Dodo l'enfant
do, P'tit Jésus bonjour*. Et Site qui est disparu pour la nuit.
Et les gars qui ont dû retourner au Alexis Bar Salon
achaler la serveuse, quand ils ont su que ma sœur était
enceinte et que le fun venait de finir. Maudite affaire.
Ils se sont poussés comme des lapins. C'est entendu
tout ça, c'est entendu. Un coup capoté, ça capote
accéléré pour vrai. Ça fait boule de neige, comme on lit
dans les livres. Élodie-Mélodie enceinte, c'est évident,
après tout, quand j'y pense. C'est technique, comme
disait Maurice avant de disparaître définitivement dans
les couloirs beiges de l'université.

Et moi, mon-oncle Klaus, mon-oncle Klo-Klo tant
qu'à y être, pourquoi est-ce que je n'en profiterais pas
pour prendre mes jambes à mon cou une fois pour
toutes, briser enfin le cordon de détresse et de malédiction qui m'attache à ma petite sœur débile mentale.
On va couler d'un jour à l'autre. Alors pourquoi ne pas

nous attacher tous les deux tout de suite un poids encore plus lourd à la jambe, nous trucider une fois pour toutes mutuellement dans l'eau noire du lac Noir, nous enfoncer pendant qu'il en est encore temps dans l'étang artificiel de la docteure? Couler tous les trois dans la swamp à têtards, où les sangsues vont quand même continuer à grouiller, sucer, les ménés à se laisser attirer vers la surface, chauffée par le soleil de l'été qui continue. Continue. Pendant que les maringouins cachés dans les herbes sèches pour un moment encore vampiriseront tout le monde en cillant aux oreilles, pourquoi pas, avant qu'il soit trop tard, couper ça comme une séquence de film mal filmée? Dans le spleen des verges d'or et d'ocre qui flamboient, dans l'ombre précise des immortelles déjà séchées et oubliées dans les fossés. Août, mois des ombres.

Elle voudra peut-être nous guérir, à ce moment-là, la docteure? Mais est-ce une maladie, cette boule de neige qui à force de débouler est devenue si grosse, comme dans *Tintin*, l'avalanche qui faisait tellement peur à Élodie, je capote, je décapote, moi aussi. En tout cas, les faits sont là pour ne pas se défaire. À moins qu'on y mette la hache et que ça saigne. Élodie est enceinte et ça devra encore une fois se décider, dans le mélange de la vie-mort, ce qui gagnera ou ne gagnera pas.

16

C'est probable, ils marcheront. Encore, ils vont partir. Selon toute probabilité. Que feraient-ils d'autre ? Comment quitter la route sur laquelle on est ? Pourquoi ce trajet, quelle route suivre ? *Suivre une route.* Chercher est un prétexte de moins à l'errance qui les déporte. Attendre serait la même chose. Agir, encore le même. Pourquoi ce trajet, précisément ? *Une fuite.* Plusieurs directions, également plausibles et également arbitraires, vers un point focal qui bouge, basculera nécessairement en dehors du réel. Une impossibilité pratique, une erreur de l'aiguillage automatique. Faux départ, ne pouvant aboutir qu'à une arrivée déviée. Une boucle informatique, et qui trouvera la formule ? Tout ce qui arrive semble toujours également, incroyablement arbitraire. Bien sûr que la boussole déboussole, que la machine machine, que la famille famille. Que croient-ils ? Que croit-on ? Un bout de chemin, zigagué sur le réel des surfaces. Seule la vieille, peut-être, dans sa chaise d'osier, égrenant le bout de sa trajectoire, veut y voir encore un sens, née de l'autre côté de ce siècle qu'Élodie et Klaus boucleront bien à leur tour, dans l'éclat sidéral des chiffres mutants de l'an 2000. Un bout de chemin, loterie des atomes, au hasard un trajet, croisement des chromosomes aveugles, carte perforée des cellules devenant douloureusement mentales. *Un trajet*. Ils avaient tous le même trajet à accomplir. Mais était-ce bien le même ? Flocons en suspension, qui flottent, flottent. Dériveurs en ricochet des marées profondes dont ils ne se soucient guère, les plus jeunes d'ailleurs n'ont jamais cru à l'existence de l'ancre. Moutons minuscules d'écume salée. *Let's follow the road. Don't ask your road. There is always a road to follow. Never mind.*

DEUXIÈME PARTIE

Qu'est-ce qu'il a dit, Charles Gill? (Il a dit : « Je suis un désespéré mais je ne me découragerai jamais. »)

Réjean Ducharme

L'acharnement

17

J'ai pu seize ans
chu'encore croche
pis j'ai eu l'temps
d'en voir d'la sloche
il ne neige pas l'asphalte est noir
j'ai rien d'spécial pas d'désespoir

C. Beausoleil

La pluie chaudasse s'infiltre ce matin au plus profond des crevasses de l'été. Normal. Sur le chemin zigzagué, les fougères naguère puissantes commencent à racornir. La fin de quelque chose. Une trêve. Un fond de mélancolie, poisseuse. Mais tout de même. Avec cette averse, les larmes chaudes et salines ont pu couler en chute libre sur mes joues. Après. Quand ç'a été fini. C'est au moins ça de gagné. Ou de perdu.

Je les ai regardés partir. On ne s'est pas dit bonjour, salut, bye bye, rien du tout. Oh boy! Je les ai vus s'en aller. Cahotiques, disparaître lentement, dans la brume aqueuse qui filtre toute lumière. Immobile, je les ai laissés, doucement, sans rien dire. Que dire? Et je sais

trop bien que je vais devoir m'embarquer, moi aussi, à
mon tour, de mon côté de ma vie, maintenant. On ne
peut pas rester immobile, il faut toujours grandir,
quand on est vivant. Alors, bientôt. Encore. Je n'ai pas
grand choix. Tout ce que je sais, c'est que leur trajet a
imperceptiblement commencé à bifurquer de la trace
tracée d'avance sur ma main gauche. L'angle va s'a-
grandir, maintenant, nous éloigner définitivement, c'est
comme ça. Élodie partie. Et moi, il me reste à tenter de
deviner, dans le paysage qui m'attend, ma ligne de vie
que je ne connais pas.

Pour eux, le parcours sera long à accomplir avant
d'arriver à Sept-Îles. C'est là que Stie a trouvé une
autre sorte de travail, dans le papier, l'acier, les crevettes,
je n'ai pas trop compris ce qu'il a mâchouillé entre ses
dents, comme d'habitude, à son retour dans la roulotte.
Car il est revenu! Après cette nuit où je suis resté tout
seul sur mon hide-bed avec la grande nouvelle capotante,
et Élodie souriant aux anges les deux mains sur son
ventre, il est revenu, le matin, et c'est moi qui n'en suis
pas revenu, si je puis dire.

Lentement, j'imagine, ils vont quitter les paysages
cheaps des Laurentides et descendre vers le fleuve.
Là-bas, beaucoup plus loin, les petites maisons bien
peinturées, proprettes, mignonnes comme un dessin
d'enfant qui ne va pas encore à l'école, humbles dans la
beauté qui va se dégager partout, vont se mettre à se
grouper en villages. Et tout va devenir coquet, riant de
jaune orange, de rouge, de vert vifs sur les caps, les
falaises vastes, dès qu'ils auront dépassé Québec pour
longer le courant qui s'élargit, s'agrandit vers le golfe, la
mer, le grand décor de l'eau qui dégringole et déboule
de plus en plus vite en ravalant les scories vers le fond.

Ce n'est pas une mauvaise idée, dans les circonstances, de suivre l'eau qui gonfle et grossit son cours vers l'océan où tout se brasse, se transmue et s'annule dans le souffle blanc du sel et de l'iode. Au bout du chemin habitent la mère, les frères et les sœurs encore jeunes de Stie, à la douzaine, et la parenté tissée dans les villages incrustés dans les échancrures moussues de la Côte-Nord et de la Gaspésie. On avait tellement aimé l'été, là-bas. Il y a de ça quelques années, Élodie et moi, en vacances chez les cousins et la tante Clorinne. Elle nous aimait bien, elle. On pouvait sentir ça dans les confitures, le matin, les fleurs qu'elle ramassait en bouquets un peu partout dans les grandes pièces de la maison. Juste en bas, sous la galerie blanche, on pouvait pendant des heures regarder l'étendue liquide écumante. Ce qu'il peut y avoir de magique dans ce mot, pour nous deux, la mer. Je n'ai pas de misère à comprendre comment Élodie a pu partir vers ça, la ligne embuée de l'horizon marin. Ce que ça peut ouvrir comme respiration de voir ça s'étaler. Fini les arbres, fini les moustiques. Les lignes s'agrandissent, s'aplanissent et se couchent. Son bourdonnement, je me rappelle, la mer. *Petits. Ultra-Violette. Son parasol blanc. Étranges maillots de bain qui laissaient voir ses cuisses, bizarrement parcourues de sillons gonflés, bleus, mauves. Les coquillages, où l'on écoute des voix. Mystère. Qui parle? Élodie s'enterre dans le sable. On rit.*

Ce mot, ces sons, la mer. Ça emplit les oreilles, ça renoue le grand capotage dans l'accord liquide des corps, enfin. Ça n'arrête jamais, la mer. *On regarde, fascinés, assaillis par la prodigieuse énergie des vagues qui nous hypnotisent. Ça revient, toujours.* Toujours. Ça jetait Élodie par terre et elle riait. On ne sentait pas le froid. Ça revient. La vague. Toujours toujours. *Mauves, les pieds coupés, tous les deux collants de sel, grelottants, la mer.* Agates polies, algues sèches, petits bouts de bois adoucis dans le sable-cristal. Le plaisir si particulier qu'Élodie prenait à remplir d'eau un trou pour voir durant combien de temps ça se déviderait dans le grand réservoir souterrain. Nos forteresses, que la vague rabattait sans cesse vers le fond. Décor japonais, au creux des rochers, comme à travers un plexiglass aquatique : algues rousses, cheveux flottants, on aurait imaginé vivre là, en miniature, tous les deux. Mariner. Devenir des chevaux de mer, habiter ces coquillages spiralés, maisons secrètes, dans le tourbillon liquide où jamais il n'a servi à rien de penser ou de décider quoi que ce soit.

C'est probablement tout ça qui lui est revenu, à Stie, de son côté : l'air frais du bas du fleuve de l'enfance, le goût d'une eau saline dans la bouche, comme le bébé poisson dans le ventre liquide d'Élodie-Mélodie. Et contrairement à toutes mes prévisions il est réapparu, le lendemain même, au rendez-vous de la roulotte décapotée. On voyait bien qu'il avait décidé quelque chose, lui, dans le grand vent de la vie-mort, quand il a embrassé — délicat — Élodie sur le front, après toute cette nuit qu'il a passée à boire de la bière et à téléphoner devant la serveuse, qui m'a raconté qu'il lui avait raflé tous les vingt-cinq cennes de sa caisse pour faire des longues-distances. J'avais franchement pensé ne jamais le revoir, Stie, fantôme de la route évanoui aussi vite que tous les autres qui ont surgi auprès de nous depuis toujours pour s'enfuir aussitôt, les vaches de vaches.

Mais non. Il est revenu, lui, incroyable, bien réel, en chair et en os, saoul de fatigue le lendemain matin, et je le revois sans cesse embrasser, délicat, Élodie sur le front en lui tapotant l'épaule. C'est bien la première fois que ça nous arrive, que quelqu'un revienne. *Minou minou* qu'il a murmuré, et moi les larmes me sont grimpées aux yeux pour elle. Pour moi aussi, moi, moi. Car qu'est-ce que je deviens dans tout ça MOI, moi-moi, moâ, moah, mohawk, moawmowa mouah. En tout cas ! Pas besoin d'être un génie pour comprendre que je suis de plus en plus de trop partout, qu'il n'y a pas grand-place pour moi, ici ou ailleurs. Pas besoin d'être bien fin pour admettre qu'Élodie n'avait ni peur ni regret d'aller vers la mer avec son gros Stie. Et je me suis marché sur le cœur pour la laisser, Élodie-Mélodie, partir vers cette sorte de quoi ? On ne sait pas ! Peut-être ! Est-ce possible ? Une sorte de trouée dans l'épais camionneur mal dégrossi qui retourne voir sa maman dans la Gaspésie saline. Avec Élodie qui se met de plus en plus à ressembler à la madone italienne dans le boudoir d'Ultra-Violette. Elle a coupé court d'un coup de sourire angélique, Élodie, et tout ce que ça cisaille de coupaillage saignant dans le tréfonds de ma vie de souvenirs, je ne peux même pas le dire.

Alors je l'ai aidée à grimper dans le camion. Ses yeux à brillance si bouleversante m'ont regardé comme ils m'ont toujours regardé. J'ai bien vu que ça ne la dérangeait pas de m'échanger grossièrement contre Stie. On n'a rien dit, ni bonjour, ni salut, rien. C'est ça, le plus dur. Elle a mis les deux mains sur le ventre qu'elle aime tellement toucher et qui commence à rebondir en lui dessinant un sourire haré-krishna, Élodie-Mélodie, ma sœur aphone. Elle m'a donné un bec et elle a fermé la porte sur elle-même comme une grande fille, allez savoir ce qui se passe dans les brumes anoxémiques de sa tête si belle et plus fine qu'on pense d'après moi.

Tout ça était bien prévu, je le sais, quand j'ai osé mettre le nez à l'air libre dans le grand vent de la vie-mort, quand on est sortis de la maison Usher en abandonnant définitivement Ultra-Violette à son souffle court. Et voilà que nos voies se séparent. Ici et maintenant, comme on lit dans les livres définitifs.

Carrefour. Comme dans les films de cow-boys. Mais je n'ai pas agité mon kleenex comme prévu, au passage du camion oscillant sur ses doubles roues dans le chemin boueux. Et allez savoir ce qui est au programme pour moi, maintenant, quel menu me prépare le grand souffle qui souffle de tout bord tout côté.

Tout ce que je sais pour le moment c'est que Legras arrive ici avec son stock cet après-midi même. Il emménage dans la roulotte que Stie lui a louée pour un an, à ce que j'ai compris dans leurs tractations monosyllabiques. Il faut donc que je décampe d'ici. Tant pis pour moi. Ah, il a eu beau rire grassement, Legras, quand il a compris qu'Élodie serait du voyage, pour une fois le gros porc a trouvé des yeux d'humain, pour une fois il a fait un geste de main qui voulait dire quelque chose : qu'il n'était pas question de se mêler de ça, ni Legras ni moi ni personne. Mais tout de même, de voir partir Élodie en petite bonne femme soufflée de confiance douce ça m'a achalé, c'est vrai, qu'est-ce que je pourrais dire de plus là-dessus, et à quoi penser d'autre qu'à moi, maintenant que c'est définitivement fini, l'arrière-temps. Alors de ce pas une bière, et deux et trois et vite.

Plus de place pour moi dans ce coin-ci du paysage. Va falloir changer d'air. Surtout pas envie d'aller m'offrir le spectacle vache de vache de Gino qui file le grand confort chez la belle docteure mielleuse qui le soigne aux petits oignons. Alors une dernière fois le Alexis Bar Salon, et la serveuse qui va freaker quand elle va me voir entrer, parce qu'il paraît que la police est venue lui demander si elle savait qui je suis, ce que je fais dans le coin, et qu'elle me trouve de son goût, la grande Marie aux cheveux punks. Je vais lui payer ses bières, et j'espère que les mots que je ne peux pas lui dire ne seront pas nécessaires pour qu'elle comprenne pourquoi je ne peux pas lui dire merci ni rien, avant de repartir pour Montréal dans l'Econoline de Gino, c'est dur, c'est dur, continuer à se déplacer, par bouts. Mais comment faire autrement ?

J'ai même un alibi. Une mission, de la part des bums de la rue Principale et des camionneurs assis jour et nuit dans leurs bolides sur la route. La région commence à manquer de speed et à avoir de la grosse misère à s'en passer. J'ai une adresse, dans ma poche, encore une fois, refilée mine de rien par la belle psychiatre ridée au grand dada de Gino. Une adresse quelque part dans le nord de Montréal, et puis après ? Je peux bien faire semblant de chercher, encore une fois. Trafiquer du speed, traquer rien du tout, de toute façon, qu'est-ce que ça change ? Me voilà tout seul, et sans nouvelles de personne au monde pour un bout de temps.

À part ça, rien de spécial. Une gorgée de bière de plus ou de moins, trop grosse et trop rapide par-dessus les autres. Et je n'arrive décidément pas à pisser tout ça.

18

S'immobiliser. Faire du sur-place, ne plus bouger. Voilà ce qu'il a décidé, pour sa part, Maurice, et se cramponner à cette idée n'est pas la moindre des choses, quand on a comme lui la bougeotte, l'instinct de fuite hypertrophié. *Ne plus penser à la lettre tranchante de Klaus*, ne plus bouger rien d'autre que le bout des doigts, si peu, devant une table de travail, n'importe quelle planche, n'importe. *Travailler. Se concentrer sur du concret : environnement, politique, économie ; le reste n'est qu'un leurre. Défier la vie privée.* Il faudra rester bien tranquille, sinon. *Sinon, les mots de Klaus, ça va recommencer.* Immobile devant la machine à écrire et le paquet de papier bond gratuit de l'université, rien de plus, rien d'autre. *Surtout pas.* Rivé à la chaise berceuse avec laquelle Klaus et Élodie aimaient jouer, regarder sans la voir la lampe-collège, le coupe-papier avec une tête d'Indien sculptée, les crayons dans le vase sur le bureau. Les livres, minutieusement classés par ordre alphabétique, sur les rayons. *Ordre, clarté, logique.* Des fiches roses pour la bibliographie, bleues pour les citations de ses propres articles, vertes pour celles des collègues. Tout un système, patient. Qu'aurait-il fait sans une femme de ménage, sans le système de classification Dewey, lui, Maurice ? On ne sait pas. Tout cela avait quand même réussi à le rassurer, jusqu'à présent. Mais maintenant! *Klaus, Élodie, pourquoi faut-il que cela revienne?* Cloué à la chaise de cuirette, il n'entend que le silence sec, comme une sorte d'écho à son cerveau qui refuse étrangement de fonctionner. La tête vide. Un vide. Il ne supporte pas. Alors, dans un ultime sursaut de volonté, il joue l'alibi du travail. Un acharnement, compulsif: *rédiger, raturer, faire un plan, ne jamais paniquer, ne jamais décourager.* Tout, plutôt que ces remous du silence. Mais il y a quelque chose de cassé, dans le mécanisme. *Travailler. Gagner.* Un bourreau de travail, disent les collègues, un vrai maniaque, Maurice Tremblay.

Il n'a rien trouvé d'autre que de se cantonner dans l'immobilité d'un bureau, Maurice Tremblay. Gibier traqué, dans la forêt, l'automne, quand les chasseurs reviennent. *Sur le qui-vive, on ne peut apprécier la splendeur d'octobre, ni même souhaiter l'hiver. On écoute. On a peur.* Il écoute, il a peur. Car dans le rude brasse-camarades qui avait suivi l'arrivée de la lettre, il avait bien failli, encore une fois, basculer vers le fond de plus en plus rapproché de toute cette partie de la vie qu'il a toujours considérée comme niaiserie, et qui haletait de son souffle précipité sur sa nuque, au plus proche. Une haleine froide. Il s'essouffle, à fuir. Voilà des années que ça dure. Il n'en peut plus de fuir, en vérité.

Cette fois-là, il avait encore réussi à colmater la brèche élargie dans la digue. *Mais combien de temps le bouchon artificiel tiendra-t-il? Il n'a toujours pas cessé de croire que l'intelligence consiste à ne jamais se laisser toucher par les étranges considérations intimes qui ruinent parfois la vie des moindres, cette pauvre Zella, par exemple, pas assez fine pour se marcher sur le cœur. Les femmes.* Mais cette fois-là, le retard du temps avait encore fait boomerang, dans le réel. Et cela l'avait étonné lui-même cette colère, cette rage, la passion forcenée avec laquelle il avait mis l'autre à la porte ce lundi, ce matin-là. Ce rugissement au milieu du corps, l'estomac barré, cette sauvage réalité en lui, bien que la façade reste impeccable. Oui, tout avait bien failli sauter quand, ce lundi-là, la lettre de Klaus, mort déterré, et ce grand souffle froid qui passait entre les mots si minces, si pauvres, en dentelle sur du papier grossier, ce grand vide froid qui voulait comme vous aspirer dans la calligraphie naïve...

Quelque chose s'était jeté sur lui, comme un manteau mouillé, et c'est là qu'il avait attrapé son coup de mort, à ce moment-là, si on peut dire, ce matin-là. Pourtant il y avait du soleil, c'était un lundi tout à fait ordinaire, réjouissant même, à l'extérieur. Il venait de terminer son habituelle session matutinale en salle de bain. Lecture de la une du Devoir, nouvelles du Moyen-Orient dans le Newsweek qui traînait sur l'étagère de laiton kitsch, ablutions, after-shave parfumé à la lavande, ébrouage de tête, et voilà, une autre semaine qui commence! Il allait s'habiller quand il avait entendu le pas du facteur dans l'entrée, le claquement de la boîte aux lettres, le son mat du courrier sur le dallage caoutchouté du vestibule de son appartement de la rue Coronet, au pied de l'université et de l'oratoire, à trois pas du Duc de Lorraine où il achetait deux fois par semaine ses croissants aux amandes et son café français de célibataire memère. Au même moment il avait su que l'autre venait de se réveiller, dans sa chambre. Il avait entendu le son de l'appareil-radio-réveil-matin syntonisé comme toujours à CKAC, le clairon des nouvelles du sport, et cela avait suffi pour que reflue la vague exaspération qu'il éprouvait depuis un bout de temps. Ses amours étaient vraiment trop cheaps. Ça n'avait plus de bon sens.

Comme chaque matin, son beau tchum niaiseux avait mis l'eau à bouillir. Et comme chaque matin depuis quelque temps aussi, pour ne pas avoir à réagir encore au fait qu'il n'était probablement vêtu que du haut de son pyjama de soie, pour ne pas devoir encore acter sexy, Maurice était allé cueillir les lettres, soudainement vieilli, las, ennuyé. Peut-être avait-il pensé à ce moment-là à tout ce qu'il avait quitté comme un fou, jadis, Zella, deux enfants, la petite vie tranquille. Peut-être qu'il avait regretté aussi, non pas cela, ce passé définitif, mais ce qui s'en venait encore une fois. Une fin de liaison de plus. Et après ? Cela devenait tellement bêta cette chasse à l'homme dérisoire, ce déguisement, ce guignol dans les bars de l'Ouest. Les bouteilles de champagne, dégrisantes à force de ne plus cacher le vide de cette drague qu'il faudrait probablement reprendre dans les bars, les clubs. Il faisait un fou de lui-même, avec l'âge qui commençait à marquer, tenailler. Et ses lèvres déjà amères avaient serré encore, plus mauves, lorsqu'il avait ouvert l'enveloppe maintes fois estampillée, salie, déchirée dans un coin, graisseuse. Toute sa face s'était crispée, aiguë, quand il avait lu les mots — *c'est ma fête, j'ai vingt ans, je passe mon temps à boire, dans un bar-salon à Saint-Cliboire. Et si ça avait été juste de toi, je ne serais pas ici. Je ne serais nulle part. Néant. Et laisse-moi te dire une chose avec laquelle tu seras certainement d'accord : ça aurait été beaucoup mieux comme ça. Alors j'espère que depuis le temps tu as appris à acheter des capotes. Quand tu couches avec les femmes, évidemment. Et dis-toi que dans vingt ans il y aura des lois et des tribunaux pour éviter que des gens comme toi fassent des gens comme moi.*

Il avait produit son effet de sécrétions acidulées, de crampages nerveux, de gargouillis dans les tripes, le retour du grand méli-mélo qu'il avait cru enfoncé de façon définitive, Maurice. Et derrière le malaise proprement physique il avait bien été obligé d'entendre toute la vérité en une seconde ou deux, comme peut-être lorsqu'on doit mourir, et qu'il n'y a plus rien à franchir. *L'idée de la mort à nouveau aux entrailles. Klaus Élodie Zella.* Il n'osait jamais penser à eux, qui avaient tout de même eu affaire à cette vie qu'il avait réussi à perdre, au bout du compte. Cela il l'avait même avoué. Non pas sous forme de mots, ça jamais. Mais dans une certaine autorisation à la nostalgie, peut-être.

Puis aussi vite, fouler aux pieds. Enfoncer au plus profond du silence ce tralala avec lequel il ne veut rien avoir à faire, ces idées de bonheur, ces sentiments, cette femme. Pourtant. La lettre avait frappé au plus juste d'un point faible en lui, là où l'iceberg remontait parfois quand trop d'alcool, trop de travail, parfois, laissaient émerger cette partie de la vie dont il n'avait jamais voulu, et pour cause. Ce jour-là, il avait su qu'il allait devoir se battre encore une fois — même s'il se faisait tard, et que le vieillissement se faisait sentir déjà, qu'il n'avait plus cette énergie du désespoir de vingt ans, quand on est décidé à tout coûte que coûte.

Oui, il avait senti qu'il fallait agir. Faire quelque chose de concret. N'importe quoi. *Face it! Do it!* Cette peur, toujours la même, devait se transmuer immédiatement, sinon le pincement à gauche, la crampe sous le bras gauche exactement, cette paralysie, cette vague froide, finiraient par l'engourdir définitivement dans le grand vide que lui avait creusé la lettre sibylline de son fils — *oui c'est mon fils, so what* ?

Il avait glissé l'enveloppe dans la poche de sa robe de chambre ratine-velours mauve, et sans faire ni un ni deux s'était précipité dans la cuisine où l'autre minaudait tout seul depuis un moment. L'avait quasiment ébouillanté en lui arrachant des mains la cafetière Melior. Et revole sur la nappe la bouillie noire du café en train d'infuser, le verre en mille morceaux sur le plancher varathané. S'était mis à hurler, crier à son tchum de faire sa valise : *Envouèye, scramme, décampe. Ça vient de finir. Fiche-moi le camp.* S'était rué dans la chambre pour ouvrir les tiroirs, fourrager dans les blouses de satin, les foulards de soie mauve, les vestes brodées, les paires de

souliers pointus, les bottes sexy, les bagues, le parfum,
tout le bataclan. Avait fourré ça lui-même dans la valise
qui n'avait d'ailleurs jamais été rangée bien loin dans
l'armoire. Avait garroché tout ça et, méprisant, avait
même ajouté un billet de 50 $ sur le dessus, en ricanant.
Couru comme un vrai fou chercher le manteau de lapin
blanc tout sale tout déchiré, en jappant, *ouste, ouste*, il
était enragé à la fin, ses mains il les sentait immobiles
dans la grande colère incontrôlée de ses gestes. Qu'il
parte, sinon il ne répondait plus de lui. Il voyait ses
mains, ses propres mains, ses ongles sur ce cou de
poulet qu'il avait tant baisé. C'était bloqué de colère,
rentré si juste que ça débordait comme un égout les
soirs d'orage, comme le jour où Zella s'était mise à
raconter qu'elle était enceinte et tout ce tralala en rose
bonbon, et que ç'avait été une rude lutte à finir aussi.

Mais cette fois l'inconnue passion qu'il se voyait
surgir du ventre comme le souffle d'une ignoble baleine
mammifère redoutable, immergée, cette colère qui était
là depuis toujours à couver dans cette part de lui qu'il
n'avait jamais voulu connaître, tout ça avait réussi à lui
faire si peur que des semaines durant, après, il était
resté enfermé, cloîtré, pâlot dans son fauteuil, sous
l'éclairage bleu-mauve dans l'appartement de la rue
Coronet, devant ses plantes vertes immobiles et sa
machine à écrire comme alibi mental, sa machine à
écrire électrique dont les touches ne parvenaient plus à
rien dans cette fureur blanche inutile qui l'enrageait et
bloquait tout. Sans mettre le nez dehors, ni téléphoner
à qui que ce soit, faire le mort. Immobile à regarder les
rayonnages des livres, à vérifier le classement, mettre
de l'ordre dans les papiers, les factures, la corres-
pondance. La tête vide. Faire du sur-place, ne plus
bouger. S'abandonner au mouvement de l'entropie. Se
laisser aller au tourbillon froid, décéléré, incompréhensible.

19

Juché dans l'Econoline, fenêtres fermées radio au bout pédale au fond, je fonce à haute vitesse sur la route qui défile, je ne vois rien d'autre que ce ruban blanc en pointillé dont la fuite m'hallucine progressivement, seul, éclairé par mes phares dans la nuit, et la pluie tombe, polit la surface glissante de la route miroir où je rive les yeux comme des clous aveugles, fixés à l'auto-route enrubannée dans l'horizon.

De dérapage contrôlé en dérapage, sans regarder ni à droite ni à gauche ce qui pourrait bien venir au hasard du trajet, voir la vitesse qui augmente sur le cadran, l'aiguille qui monte, ne pas voir le noir complet d'une nuit sans lune de septembre qui s'achève, va m'absorber m'engloutir j'en suis sûr si je risque un seul coup d'œil si je regarde, *cette histoire de Sodome et Gomorrhe, les statues de sel, la Bible, l'école, la Méduse, ses serpents.*

Ne jamais se retourner pour regarder en arrière même si ça fascine. Alors je reviens vers Montréal, ce centre, ce début du trajet, ce point de départ. Pourtant quelque chose me dit à l'oreille que ça ne pourra jamais revenir au même. Mais le camion bolide se dirige de lui-même on dirait vers la grande ville où ramènent toutes les routes comme un filet tissé de plus en plus serré sur moi. Je ne sais pas ce qui guide mes mains bleuies au néon sur la direction de l'Econoline cheval-vapeur, ce qui mène tout ça, ce qui fringue en moi, ni où je vais aboutir ni rien de ce qu'habituellement je suppose les autres doivent savoir, c'est du moins ce qu'ils laissaient entendre au départ dans les écoles, les livres, et même Maurice, quand il parlait.

Je file, je fonce dans ma nuit blanche, et la musique me procure le minimum d'absence sonore qu'il faut pour continuer à rouler en avant sur le tracé qui défile et déboule. L'Econoline rapace avale kilomètre sur kilomètre, glouton, un pied enfonce la pédale au fond, ça chauffe, je sens cette odeur de feu, de bête qui écume, de monture qui m'échappe au galop à cent milles à l'heure, et s'épuise.

Il faudra bientôt faire le plein d'essence. L'aiguille est descendue au bas du cadran lumineux dans la nuit d'encre glauque qui s'étend, tache d'huile. Ce ne sont pas les stations-service qui manquent sur cette route où s'alignent les néons étoilés tressautant sur le luisant du pavé. On se rapproche sans aucun doute de Montréal plus vite que je ne croyais car déjà au loin la lueur ionisée ultra-violette d'outre-tombe, un halo, on dirait une galaxie inconnue, parfois, et pourtant rien de nouveau dans ce qui dévale, je suis toujours seul en selle, tout fin seul sur mon Econoline huilé en pleine forme, dont le moteur murmure qu'il me suivra bien jusqu'au bout, lui, me rassure, me réconforte.

À défaut d'autre chose, le ronron enfantin d'une machine qui fonctionne, est-ce que ça ne pourrait pas suffire pour vivre cette vie où je ne m'oriente décidément pas comme il faut, ainsi cette route où les chiffres jaunes sur vert viennent périodiquement baliser mon trajet, bornes insignifiantes où peut-être si je n'étais pas moi ce que je suis je pourrais saisir le sens d'une certaine avance sur ce qui fuit en arrière, du terrain gagné sur ce qui dérape sous les pneus Firestone extra-larges. Une lueur mauve partout, le vent s'élève, encore une fois.

Je crois que je vais devoir m'arrêter. Pisser. Manger. Boire. Voilà justement une brasserie. Décorée en nutty-pine naturel-naturel. Des lampes de catalogne vieux Kébec. Quelque tapisserie macraméesque au mur probablement de brique. Voilà de quoi faire le plein sur le vide de tout ça, le plein d'essence, de bière, de liquide avalé tout rond dans l'atmosphère chromée, l'éclairage au néon, la musique ambiante.

Je stationne. Je retire la clef. L'Econoline tressaute un moment encore. Je sors. Il pleut.

20

Par contre, à l'autre bout de cette histoire, sur le versant opposé du continent, longtemps après avoir lu cet entrefilet d'un quotidien de Montréal que probablement Clorinne, ou encore D. Lavigne, lui avaient fait parvenir de façon anonyme, Zella est restée de son côté immobile, elle aussi, muette, dans l'intérieur de tout ce qui s'était si mal passé. Car le séisme, pourtant salutaire, causé à ce moment précis de sa vie kaléidoscopée par le brusque retour du réel, ce choc, cet ébranlement, a mis comme tout le reste du temps à se développer, à s'apaiser. Il a fallu qu'elle patiente là encore tous ces mois, durant lesquels il s'est par ailleurs passé des événements qui couvent encore et qui n'ont pas fini de rendre leur jus, pour qu'à la longue, dans cette inactivité apparemment stérile de la Californie, une certaine atténuation progressive s'avère possible. Que les choses deviennent plus ou moins vivables.

Envisageables. Ces cinq mois n'ont pas été de trop pour se fortifier, à doses infinitésimales de réel dilué. Un gavage enfin digestible. Laisser les morceaux coupés dans le vif de son histoire se remboîter et construire à nouveau un mur, à nouveau une sorte de peau qui

tienne tout ensemble. Elle avait commencé à se croire
capable de ça. *Faire du neuf avec du vieux ; fairce ce qu'on peut
avec ce qu'on a.* Seule. *S'acharner.* Voilà que les médecines,
les sorcelleries, les alchimies ultra-modernes s'écartaient
pour faire place au réel. L'extrait d'un quotidien de
Montréal avait été le point de touche imprévisible par où
avait pu s'écouler la grande dégringolade des flots salins
qui attendaient depuis si longtemps de sortir du corps
l'accumulation liquide malsaine. Puis un long et patient
travail de marinage dans tout ça pour reconnecter ce
corps enfin supportable et ces mots qui viennent alors
pour dire ELLE. Et JE. Vous. Ils. De nouveau une
certaine articulation, un déversoir possible pour le
fleuve enragé qu'elle était devenue à force de boire.
Dans une lenteur, une prudence infinie, cela s'était
remis à vivre, avec l'harmonie toujours touchante des
rapiéçages, tout ce qui depuis ces années dures avait
tant crié sans jamais produire même un semblant
d'écho audible.

Cinq mois de sursis, de retard. S'habituer à ouvrir
l'œil sec, oser regarder de loin, de haut. Une conva-
lescence. Ne faire rien d'autre que surnager, vouloir
respirer. S'habituer à l'idée qu'il faudra revenir. Oui.
Seule, enfin, sans les voix. Toute la journée couchée sur
un lit, dans une chambre ou sur une terrasse, buvant du
jus d'orange. Un patio de tuiles rouges au soleil.
Regarder pousser les cactus. Lisant des livres et y
cherchant, avec la frénésie de celle qui vient de
reprendre sens, les phrases secrètes où d'autres femmes
américaines, françaises, sud-américaines, montréalaises,
auraient expliqué ce qui d'elle arrivait à surnager par
cette sorte d'acharnement toujours possible qui bientôt
permettrait qu'elle continue son chemin elle aussi.
Mettre des lunettes de soleil et apprendre à regarder
dans cet éclairage qui enfin permet de voir. Dans la
Californie pacifique qu'elle quittera bientôt, oui, elle en

sera capable. Vers le réel de nouveau. Marcher seule sur ces rues, dans la foule, affronter les grandes souffleries puantes de L.A., prendre un taxi. Le réel. Se diriger vers un aéroport, un avion, un hublot. Ça ne la touche plus, on dirait. Tout cela l'a enfin quittée pour aller se filmer en arrière, quelque part. Une représentation. Une distance. Enfin seule. Sans les voix.

Après ce moment précis où elle avait lu ce quotidien de Montréal, et les larmes, les cris et les images que cela avait réussi à générer enfin, cela s'était mis à se décanter, la surface et le fond. Enfin stoppée la grande turbine des années jeunes où tout ne fait que tourbillonner, aspirer. Maurice, ses sauvageries, tout cela avait précipité lentement au fond de l'éprouvette. Toutes ses vacheries et les autres étaient venues sédimenter au fond calcaire et friable de sa vie, qu'enfin la machine vide à vide, la grande machine cessait d'agiter à tort et à travers. Tout cela prenant une teinte de clarté buvable. *Quarante-trois ans, cheveux poivre et sel, rides aux yeux, taille encore mince, jolies jambes, cicatrices.* Ignorant tout ce qui pendant ce temps est arrivé au dehors. Et croyant sans doute qu'il est encore possible de faire retour dans le réel, comme si le temps attendait qu'on revienne de ses délires, de ses fuites, pour continuer à souffler son grand souffle.

Klaus. Élodie. Mes enfants. Voilà ce qui reste, n'est-ce pas ? Au moins leur donner la chance d'un récit plausible, oui, d'une hypothèse, d'une vérité quelconque. Cela arrêterait enfin leur course. Mais est-ce bien cela qu'ils étaient partis chercher ? Elle réfléchit, dans la chambre claire qu'elle va bientôt quitter, d'où elle regarde une dernière fois l'océan, tout comme Élodie ne pourra détacher ses yeux épouvantés de l'étendue vivante de l'eau, bientôt, au moment où les vagues amniotiques se mettront à frapper leurs grands coups pour qu'à nouveau survienne et déchire le combat de la vie-mort.

Mais cela, cette grossesse d'Élodie, la lettre que Zella
a reçue de Clorinne n'a pu le lui annoncer. Il n'y avait
pas un seul mot à propos des enfants, dans la lettre de
Clorinne. Seulement que Mère, au plus mal de son
souffle qui s'amenuise de jour en jour, réclame Zella, de
voir une dernière fois toutes ses filles. Bien que trop
faible pour s'inquiéter, bien que très loin de ce qui
s'agite en elles, Clorinne dit que Mère, dans sa dernière
lucidité, dans une ultime accalmie du vent de la mort,
aimerait les voir une dernière fois ensemble, comme
pour emporter avec elle dans le grand rien qu'on ne
pourra jamais imaginer une dernière figure, un dernier
tableau.

Alors Zella sera capable. Faire des valises, quitter le
cocon régressif, cette ouate faussement confortable. De
toute urgence, tout à coup, en une sorte d'impatience,
de frénésie plus forte que ce qu'elle pourrait comprendre,
elle ramassera toutes ses affaires, se coiffera, se maquil-
lera, prendra un billet aller simple vers Montréal, les
enfants, Clorinne, la maison. C'est passé du bon côté,
elle s'imagine, la vie. *Le grand souffle s'est retourné, le grand
souffle a cessé d'étouffer, on va pouvoir. Quoi?*

*Qu'est-ce qu'elle croit, Zella, après cette longue marche à
l'intérieur d'elle-même, là où ont cessé de se faire entendre le cri —
le cri différé d'Élodie — et ces voix — les voix de Maurice en
tourbillon dans sa tête? Quand elle sortira de sa peau, toute nue
comme un ver à l'extérieur d'elle-même, ne sera-t-il pas tard, bien
tard, dans le grand souffle de la vie-mort qui n'aura pas attendu son
retard à elle pour souffler à droite à gauche ces figures qui vont et
viennent leur trajet zigzagué, sans que jamais la configuration du
parcours apparaisse!*

*La mouffette puante ne pourrait comprendre la direction de
l'autoroute sur laquelle elle mourra bientôt, écrasée par un camion
Econoline à toute vitesse qu'elle arrosera de sa vengeance dérisoire.
La goutte d'eau, sur la crête de la vague qu'Élodie regardera dans la*

fascination de ses yeux vert vague, cette goutte d'eau ou une autre ne pourrait entrevoir la marée, la grande marée qui l'emporte. Et la lettre que Maurice tapera sur la machine IBM qu'il a réussi à faire payer par l'université, ce caractère script ne pourrait savoir de quel mot, de quelle phrase, de quel texte il fait partie, dans le flux des lettres qui s'alignent sans que personne touche jamais ce qui au juste vient se dire, ce qui advient dans l'écriture de ces signes de vie ou de mort sur le papier de Maurice...

Alors, dans un aéroport américain, une femme d'un certain âge, élégamment vêtue, d'allure fatiguée, portant deux valises de cuir de porc, montera dans un Boeing en direction de Montréal. Après avoir acheté le Newsweek pour le voyage, elle tirera de son sac à main en crocodile usé la photo racornie d'un bébé de six ou sept mois qui ne sourit pas du tout. En soupirant, peut-être, elle bouclera la ceinture sur elle-même, croyant bien faire retour dans le réel de son trajet.

«Musical survival»

21

Au croisement de la vie et de la mort,
dans ces voiles de palais muets mais qui
vont chanter : un son, à l'envers.

Philippe Sollers

Je n'avais pas sitôt mis les pieds dans la brasserie
québécoise, plutôt un genre d'immense bar-salon
d'ailleurs, que Clarisse, une fille que je n'avais pas vue
depuis le temps de l'école secondaire et des autobus
jaunes, m'a sauté au cou m'a donné deux gros becs tout
mouillés sur les joues, déjà assez mouillées de pluie
comme ça. Je n'aime pas la salive. Ça a paru. Mais je n'ai
pas échappé pour autant à sa surexcitation verbo-
motrice délirante, débridée, du genre : «Klaus ! Mais
viens donc t'asseoir avec nous autres. C'est Klaus !
(prononcé Klôs). Pas croyable. Qu'est-ce que tu fais ici
ce soir, pour l'amour, tu parles d'un hasard, que ça fait
donc longtemps qu'on ne s'est pas vus, est-ce que tu
joues encore de la musique, est-ce que tu aimes encore
autant les Stones, pourquoi tu n'as jamais donné de
nouvelles, qu'est-ce que tu deviens ?» Ça m'a soufflé,
défoncé les oreilles, après le mutisme des derniers mois.

Rien à répondre. Un vrai moulin à paroles, une vraie toupie, un vrai papillon ailé dans la nuit. Clarisse! Phosphorescente, stroboscopique, surgie du hasard, complètement inattendue! Mais ce n'est pas parce qu'on est allés ensemble en option Lettres au cégep du Vieux quand on n'a pas pu entrer ailleurs à cause de nos notes du secondaire, ou parce qu'on a fumé ensemble deux ou trois cents joints sur le bord d'un banc vert, punké quelques rocks bien stones ici et là dans le temps, que je vais me laisser embrasser ou toucher par une fille, même si c'est vrai qu'elle est bien-belle-bien-originale avec son pantalon bouffant rose, sa veste en satin saumon, ses défroques du Panier du pauvre, son rouge à lèvres Hollywood et ses ongles rongés vernis en bleu mauve.

Et j'ai tout su dans le détail, même si je ne voulais rien savoir. Comment mademoiselle a fait pour sortir de la cage dorée où elle habitait, juste en face du parc où on a tant niaisé des étés de temps, quand on a tous commencé à fumer en cachette sur nos bicyclettes trois vitesses. Comment elle a lâché son papa-gâteau pour aller vivre avec d'autres dans l'appartement de son prof de théâtre du Vieux. Et comment elle a jeté la férule vraiment exagérée de Madame sa mère, toujours habillée en bleu marine et gris, dans les poubelles de fonds de cour de brasserie, en devenant chanteuse rock de son métier. Et de me présenter son band, trois gars bien cools et bien gelés qui tapent du pied, hochent la tête sans arrêt au rythme de quelque son nirvanesque, et qui viennent de ville Mont-Royal, de Nouveau-Ahuntsic, de Candiac ou d'un autre endroit du même genre, j'en suis sûr.

Puis, aussi vite qu'elle m'avait sauté au cou la grande vedette, la belle Clarisse, elle m'a planté estomaqué devant mes trois drafts. Excitée, survoltée, pailletée, elle s'est quasi envolée dans les coulisses avec ses trois acolytes en criant: « Écoute bien ça, mon Klôs, écoute-nous bien, c'est l'heure du plus grand show du meilleur groupe rock du Québec. » Le guitariste a sniffé un peu de poudre et ils sont disparus dans l'arrière-scène. Les rhéostats ont assombri les lumières de la brasserie, la télévision n'a pas arrêté de parler pour autant, et ça n'a pas empêché non plus Clarisse et son band électrique de se planter dans l'éclairage rouge violet des spots, de se concentrer sur l'équipement lourd financé par papa-maman, de tripoter les boutons et de faire hum-hum dans le micro détachable. Les instruments nickletaient à travers les volutes baroques de la fumée. Une épingle de strass scintillant dans les cheveux, Clarisse sautillait comme un boxeur dans son ring. Puis le batteur est entré dans son tam-tam progressif, pendant que Clarisse y allait de ses déhanchements devant moi, avec ses bottes courtes pointues en cuir rouge et son veston acheté pour deux ou trois dollars au Surplus d'armée de la rue Craig.

Et alors, elle s'est mise à charger, chanter, changer, dans son micro, Clarisse. Plutôt sa voix. Sa voix. Je dois dire, liquide, sa voix s'est malgré moi glissée par les oreilles, infiltrée, coulée, ruisselée, étroite, jusqu'au creux de mon corps si vide, même si c'est bien la dernière chose que je veux au monde, me laisser envahir, pénétrer par une voix, des yeux noirs qui me regardent dans la fumée d'une brasserie, et des mots, des mots qu'on dirait faits pour moi, exactement PAR moi, même si c'est en anglais que ça se chantait, et qu'aux tables alentour les ivrognes enragés criaient : « Du frança, pourquoi tu chantes pas en frança ? » et que les joueurs de billard grondaient, au fond de la salle : « Qu'est-ce que c'est ça, donc, ça fait donc bien du tapage, leur affaire ! »

Pendant les minutes infiniment ralenties du show, la voix n'a plus cessé de sortir, matérielle, fragile,

mince, stridente, aiguë, aiguisée. De plus en plus forte,
de plus en plus rauque. Toujours juste dans son
déraillement elle m'a foré, taraudé le corps, comme
celui de Clarisse que je voyais en vrille, mince, collé au
micro, pour faire venir du plus loin le cri modulé, ce
sauvage chant dément sur mes tempes et mon tympan
enfin touchés. Comme si c'était de moi que ça sortait
tout ça, même si apparemment je ne faisais toujours
que siroter tranquillement ma troisième draft avant
que le serveur m'en apporte encore trois autres pour
me permettre de durer le temps de ce spectacle que
j'étais moi-même en train de me produire. Mes yeux
malgré moi fixés au corps nerveux, tressautant, spasmo-
dique sur la scène, mon miroir évident, je n'en revenais
pourtant pas : Clarisse, gentille petite fille des banlieues-
dortoirs, arriver à hurler ça, cet immense cri rocké
comme ce que je sens être, exactement. Je me suis laissé
noyer dans la musique qui recouvrait toute la brasserie
d'une sorte de souffle tangible qui avait fait taire tout le
monde, même les plus saouls des gars. Oui, je me suis
volontairement laissé emberlificoter dans cette coïnci-
dence de moi avec cette voix modulant ce rock qui sortait
de moi depuis toujours, depuis cette équipée échouée au
départ d'Élodie, et cette dernière chevauchée épuisante
dans l'Econoline, où j'ai été comme poussé à venir
entendre enfin mon propre flux gronder en anglais
quelque chose qui ne se dit pas, se répète encore moins,
ne s'entend même pas avec les oreilles, vraiment.

Et il avait fallu que tout ça sorte du thorax et de la
bouche rouge de Clarisse, cette image entrevue et
oubliée des partys d'il y a cinq ou six ans, venant me
rappeler en même temps mes premiers flashs de
conscience si vite étouffés par la grande ombre d'Ultra-
Violette planant sur moi, et par le silence atonal de la
présence d'Élodie. Venant me remémorer ces premières
sorties hors du cercle de famille, tellement ratées que je

les avais oubliées depuis le temps, pris dans ce trajet que j'avais cru décider pour nous délivrer de l'emprise de la maison Usher sur nos esprits, et de la grande puanteur de la mort qui s'était mise à nous intoxiquer.

Pendant tout ce temps-là j'ai quand même continué à boire sans arrêt et sans manger. Mon estomac vide s'est mis à naviguer sérieusement, l'espace à se déplacer et à se déranger, sous moi, autour de moi. J'ai eu mal au cœur. Normal. Couru vomir ma bile dans la toilette moderne de la brasserie. Clarisse et ses gars avaient momentanément cessé de s'agiter au miroir hyper-lucide de la musique rock. Au pied de l'escalier à moquette rouge je suis resté là un bout de temps, dans le cagibi POUR HOMMES, à lire les graffiti d'usage. Ça tapait. Ça cognait. Et dégobillage !

À un moment donné j'ai entendu un grand coup de poing dans la porte. Un gars voulait pisser. J'ai sursauté, me suis mis la tête sous le robinet avant de remonter. Clarisse, les musiciens m'attendaient en buvant une bière, et deux, et trois. Quand elle m'a vu marchant tout croche, Clarisse a commencé une autre série d'excla-mations aiguës: «Qu'est-ce que tu as, qu'est-ce qu'il a, es-tu malade, Klôs, qu'est-ce qui t'arrive, t'as bien trop bu de bière.»

Et moi je n'ai rien trouvé d'autre à faire que de m'écrouler comme un petit enfant sur ma chaise, un vrai bébé, brailler comme un veau, les larmes, maudit fou, des cascades de larmes. Tout le monde s'est mis à regarder, autour. *Un gars qui pleure. Un gars qui pleure.* Mais Clarisse n'est pas du genre à se laisser démonter, jamais. Elle m'a frictionné le visage, tapoté les joues avec un de ces petits mouchoirs à l'eau de Cologne qu'ils donnent dans les brasseries ou les Bar-B-Q, et que les filles comme Clarisse et Élodie ont toujours dans leur sacoche ou à quelque part. Elle a dit : «Attends. Essaie de toffer un peu encore. Arrête de boire tant que ça. On va te faire venir un café. Il reste encore une heure de show à faire, c'est tout. On va se dépêcher, attends. Tu peux pas t'en aller comme ça, t'es bien trop saoul. » Alors le déluge a pu s'arrêter. Je me suis accoté la tête sur mon manteau, j'ai fermé les yeux, j'ai laissé ça tourner tout seul. *Merry go round.* Ils sont repartis en avant sur la scène, le grand tam-tam a recommencé de plus belle ses incantations, un solo de batteur insoutenable. Tout mon corps était comme le tambour sous les baguettes, ce choc des cymbales. Le batteur fessait quasiment direct sur mon tympan, puis Clarisse est entrée dans le bruit. Pour la deuxième partie du spectacle elle avait mis une espèce de jupe courte en satin noir effilochée, un tee-shirt noir rembourré aux épaules, elle avait la taille serrée par une large ceinture argentée, on voyait ses grandes jambes dans les bas de soie noirs avec une ligne en arrière, et ses talons hauts vernis noirs aussi. Elle avait défait ses cheveux, et ses lèvres hyper-rouges ont recommencé à bouger, sauvages, à hululer comme le hibou-de-la-nuit, en anglais, au beat insupportable du rock. Et tout ce temps-là elle me regardait, moi, là où j'étais le plus caché que je pouvais, comme pour dire, *toffe, s'il vous plaît, toffe un peu encore.* Elle implorait, on aurait dit, la chanteuse crampée à son micro, ses musiciens la regardant sans arrêt comme pour demander si elle serait capable d'aller au bout de cette sorte de démence sauvage qui venait la traverser tel un courant électrique quand elle chantait en solo.

Quand ç'a été fini elle a salué de tous ses grands cheveux blonds frisés même si personne ne regardait. Dans la lumière blanche trop forte, de l'écran de fumée fantastique elle est sortie en voûtant les épaules, en baissant la tête. C'était le last-call. Tous les spots se sont allumés en même temps. Ce n'était pas beau à voir les tables souillées, les visages blêmes. Alors Clarisse et

ses amis m'ont traîné par-dessous les bras et je me suis
retrouvé assis à l'avant de leur grosse Chrysler démodée.
Celui qu'ils appellent Archange, le batteur démon du
band, a démarré, conduisant très lentement. Ils ne
parlaient pas. On voyait bien que tout le monde dans
l'auto attendait que Clarisse s'explique. Finalement elle
a dit : « Les gars vous allez changer de chambre avec
moi, Klôs va coucher dans mon lit pour ce soir, c'est-tu
correct ? »

J'ai à peine eu le temps de sortir de l'auto pour vomir
encore, m'arracher du ventre la bile accumulée, le reste
des liquides déchargés dans la débâcle de la soirée. La
pluie n'avait pas cessé de tomber tout ce temps-là.
Quand ç'a été fini, Clarisse m'a nettoyé la figure, ils
m'ont roulé dans le lit, comme un grand bébé plein de
lait suri.

22

Rue Coronet, la grande angoisse, le grand froid, ça ne se dissipe pas malgré les comprimés, les jus de fruits, l'immobilité forcée. Il est touché. Atteint. En plein cœur. Il le sait, maintenant. Les électro-cardio-grammes ont décrété : valve défectueuse. Cathétérisme et tests de cholestérol, sinusoïdes et phrases d'usage : régime sec, course à pied, programme Épic, repos, abstinence. Bref, l'angoisse ne se dissoudra jamais. Il le sait, maintenant, Maurice. Il a été touché. Et ce n'est pas une raison pour y faire face. De toute façon, l'immobilisme n'a jamais été une solution.

Alors, quand il recevra une de ces invitations pour un quelconque congrès de géomorphologie à Paris, la décision sera en quelque sorte déjà prise : départ. Contre-fugue. Il pourrait même appeler ça sa « strette » finale, Maurice qui s'y connaît en composition musicale, s'il avait le cœur à rire, lui qui ne l'a jamais eu à pleurer. Ça se resserre sur lui, sur les autres. Ça accélère, ça dégringole, ça fuit en avant, à la fin du trajet. Et le voilà qui fait ses bagages. Au même moment, à l'autre bout, dans la Californie américaine, Zella boucle ses valises. Croisements aveugles des corps sur les routes, terrestres

ou aériennes. Trajectoires du hasard. Essais et erreurs.
Oui, il lui faut une dernière fois bouger, ses alibis ne
tiennent plus le coup. Changer de lieu. Aller ailleurs.

Quitter Montréal, cet appartement dont le silence
de tombe l'étouffe comme une avant-mort, ce robinet
dont la goutte d'eau le condamne à l'insomnie depuis
des semaines, depuis ce jour où il a mis l'idiot à la porte,
pour lire et relire en paix la sybilline, l'insinueuse, l'insi-
dieuse missive qu'il garde depuis ce temps dans sa poche
comme son arsenic, son cyanure final. Il l'a tellement lue
et relue et tripotée et dépliée qu'elle est toute grise de sa
sueur, et de l'encre déteinte qui n'efface pas les mots en
se mêlant au suintement froid de ses mains où, on dirait,
le sang n'est pas revenu depuis ce matin-là où il a bien
failli étrangler le minable qui n'a jamais su à quoi il
échappait quand il a pris la porte en se déhanchant et en
poussant ses cris de petit poulet : « *Oké, Oké, énarve-toé pas,
mon doux, mon doux.* »

Alors fuir. Fermer la porte sur le silence glacé de la
rue Coronet, abandonner les cactées rares, les repro-
ductions d'Andy Wahrol, la collection de disques classiques. Prendre un taxi sur Côte-des-Neiges jusqu'à
l'autobus pour Mirabel dans la nuit noire. Boire seul un
verre de tonic sans gin en attendant l'heure de s'engouf-
frer dans ces curieux engins de transit vers le Boeing
qui lui font chaque fois penser aux fourgons de la mort
des Juifs. Et qui le conduisent à la fin, à la fuite des
départs définitifs. Car cette fois-ci il sait fort bien,
Maurice, que six heures d'avion et tout l'océan Atlantique entre lui et les fantômes ne sont rien de plus
qu'une dérisoire distance entre lui et le moment qui se
rapproche, le talonne, où il n'y aura plus rien à fuir du
tout, où tout sera définitivement fui.

Et toujours cette angoisse, cette étreinte sauvage au
cœur du corps, ce confinement de la peau de chagrin
sur le nœud de lui-même qui ne veut plus jamais cesser

de faire sentir que le tam-tam de guerre et de mort a commencé de battre. Comme s'il allait devoir éprouver tout ce qu'il a fui d'un seul coup à la fin, lui le spartiate, le guerrier au cœur coincé, pris à son propre piège, à son propre échange de vie et de mort. Et ces médicaments dont il exagère considérablement la dose, dans l'espoir fou de desserrer la pression sourde de ce qui l'étreint sans merci depuis ce lundi-là. Atténuer le mal qui le poursuit, qu'il fuit sans relâche, haletant, oppressé, alors qu'il gravit en soufflant les marches de l'escalier roulant qui ne fonctionne pas, dans cet aéroport-fantôme, désert, dérisoire, qui n'a jamais fonctionné ni servi à rien, on dirait, bâti là au milieu des champs, miroir-mirage-mirabel de ce pays qu'il quitte en sachant fort bien que probablement ce n'est rien de plus que le dernier couloir, béton armé, acier, moderne.

C'est beau quand même. Il pensotte, là, maintenant, laisse venir les mots, assis sur son siège, dans le fourgon immobilisé sur la piste trop vaste où circulent les camions-citernes dont il voit les lueurs d'alarme flamboyer, clignoter en rouge dans le noir et le froid et le grand vent de Mirabel. Il peine à respirer l'air raréfié et désoxygéné du véhicule surpeuplé, fermé comme un cercueil sur ce qui, chaque fois, semble définitif : un départ. Il imagine maintenant son mal, douleur sourde. Il les voit en lui, ils prennent corps, les fantômes. Ébloui par les puissants réflecteurs qui donnent à la piste l'allure d'un étrange studio de cinéma nordique, ça lui revient, les images déterrées d'Élodie, Klaus, Zella. Ils ne veulent plus quitter, maintenant qu'ils ont réussi à s'introduire, comme les plombiers dans Watergate, de nuit. *Le retour du réel, indestructible.* Il les sent là, en dedans, une boule de nerfs, prisonniers d'une peau, à lui gratter l'endoderme, lui pressuriser l'aorte, lui coincer le souffle.

Alors comme un somnambule parmi les hommes d'affaires et les femmes d'un certain âge aux cheveux

mauves, roses et bleus, qui le précèdent en groupes
dans l'étroit couloir du Boeing qui sent déjà le brûlé et
l'huile des moteurs, anonyme parmi ces voyageurs dont
il voit sans les voir les absurdes tenues pratico-pratiques
permanent press en nylon bigarré, les sacs, les tricots,
les lunettes saugrenues, il passe finalement du fourgon
à l'appareil qui mettra l'océan Atlantique et six heures
de vol entre lui et le corps réel des fantômes qui le
tenaillent au plus près, lui courent après minute après
minute, même là, dans ce siège de la section non-
fumeurs où il s'installe péniblement, et maintenant qu'il
boucle la ceinture en relisant une fois de plus les
indications de décollage en lettres lumineuses à côté de
lui. En cas de danger, il sera placé juste à côté de la porte
de secours.

Et ce trajet somnambulique de Maurice à travers
l'espace sonore de l'aéroport, par une sorte de coïnci-
dence extrême dans l'entrecroisement vertigineux des
rubans qui déroulent les vies, l'aura en fait conduit au
plus proche de Zella. Oui, ce soir-là, elle était assise, elle
aussi, dans Mirabel, avalant pour sa part de grosses
gorgées de scotch soda, se tripotant les ongles vernis
rouges, et se donnant une heure de sursis encore avant
de monter dans le même autocar qui vient d'emmener
Maurice, et qui la conduira à son tour au centre-ville de
Montréal. Le Boeing San Francisco–Montréal qui devait
atterrir à Dorval a été dirigé ce soir-là vers Mirabel à la
dernière minute, à cause d'une grève des contrôleurs ou
d'un problème technique encore plus banal. Au-delà de
toute vraisemblance, Zella, marchant distraitement vers
le bar, l'a vu, Maurice, boire son tonic sans gin au
comptoir, tripoter le cendrier faute d'oser fumer ces
gauloises bleues qui lui sont néfastes mais dont il aurait
tellement besoin.

Ses yeux, ces fameux yeux vert vague qui le suivent
partout, ont bel et bien enregistré l'image d'un homme

vieilli, de dos, assis à un comptoir de restaurant d'aéroport pseudo-international. Mais ça n'est pas allé plus loin comme connexion. Car Maurice, tout absorbé par cette douleur sourde dont il ne sait plus que faire et comment la rendre au moins supportable, ne se sera pas retourné vers elle, à ce moment pourtant incroyablement fortuit de leurs deux vies. Tout au plus, au plus creux du stock d'images qu'on enregistre comme ça tout le temps sans jamais s'en servir après, un neurone se sera-t-il vaguement agité, dans le cerveau de Zella. Peut-être quelque chose aura-t-il voulu se trouver, dans la réserve de toutes ces cellules inutiles qui ne se raccordent jamais, entre cette image d'épaules voûtées, anonymes, élargies par le chic paletot de camel hair beige, et d'autres images anciennes, désagréables, douloureuses, enfouies au plus profond des neurones.

Débâcles

23

Cinq heures du matin. Gueule de bois. Une chambre. Motel. Draperies rouges. *Où suis-je?* Lit double, couvre-lit de chenille vert pomme. *Maman.* Un peignoir de chenille bleu pâle. *Maman avait-elle une robe de chambre vert pomme ou bien bleu pâle? Ma chambre bleue. Ma lampe Micky Mouse.* Lampes de chevet style Woolworth. Nowhere. Pénible où suis-je de l'ivrogne que je deviens, du biberon que je suis, depuis cette eau tiède, neuf mois dans son ventre, Zella. *Dormir, dormir. Eau glauque, eau rose et tiède, alcoolisée juste à point pour une anesthésie totale et durable.* Un robinet dégoutte. Des cheveux sur l'oreiller. Une fille. Une fille couchée à côté de moi.

Alors la brasserie, le rock, la vomissure, ce déluge après Élodie et Stie, leur départ, l'Econoline, ça revenait peu à peu. Où avais-je donc laissé l'Econoline de Gino? Angoisse. Trop d'alcool. Mal au cœur. Mains moites. Tempes qui battent. Déséquilibre, perte d'orientation. *La vie est trop dure. M'en aller tout de suite, m'enfuir au plus sacrant, sacrer mon camp.* Une fille dormait, à côté de moi, je ne bougeais pas. *Attention. À éviter. C'est Clarisse.* Ça revenait. *Ne pas regarder, même si c'est de plus en plus tentant d'y toucher.* Clignotements. Les paupières, quand elles

refusent obstinément de rester ouvertes. *Je ne veux pas.*
Comme tout le monde. Ce n'est pas si simple. Qu'est-ce que c'est?
Quel est le secret? Je ne peux pas, MOI. Sa main sur l'oreiller,
un bras sur le mien. Tout de suite, penser, je pensais,
m'en aller, il le faut, me sauver. *Don't touch!*

C'était la seule idée, le seul mot qui me venait, *partir*,
surtout quand elle a dit «Chéri» comme dans les films
de nuit, quand elle s'est découvert le sein comme dans
les peintures du cours d'histoire de l'art au cégep du
Vieux. Mes bottes, mes jeans tout raides, mon linge en
tas par terre à côté du lit. *Qui m'a donc déshabillé sans que je*
m'en rende compte? Black out. Rock and roll, cheveux
blonds, satin noir, yeux pervers. *Joue bouillie joue rôtie tit*
œil gros œil sourcillon sourcillette. Gueule de bois. Épaisse
vieille salive malodorante refusant de venir en quantité
suffisante dans ma bouche pâteuse, la tête cognait.

Elle a les yeux fermés encore, ne sait pas que je suis réveillé,
pense peut-être que c'est un autre, n'importe qui, à côté d'elle dans
son lit. Les filles. Qu'est-ce que je fais ici? Partir. Se sauver.
Pourtant impossible bouger. Corps trop lourd. Encore
saoul. Imbibé comme un baba, bébé, lala. Figé comme un
oiseau quand le chat regarde, je la regardais. Œil en
coin, œil fugace. *Quel est le secret?* Hypnotisé, je tentais de
fixer un point précis, l'abat-jour, n'importe quoi. Mais
dans la brume du réveil et de la bière, le regard refusait
de focaliser. J'ai failli me mettre à crier encore, brailler,
bébé en panique, virer fou, mais je n'en ai rien fait,
heureusement, ça s'est retenu, de peur qu'elle ne se
réveille, et alors. *Qu'est-ce que je peux bien faire dans le lit*
d'une fille?

Je n'ai jamais été capable de penser à ça, moi, des
mains sur moi, genre caresse. Ce n'est pas mon genre
même si c'est à ça, je le vois bien, que tout le monde
pense, vaches de vaches. J'ai été assez touché comme ça
il me semble, la peau reste parfois hypersensible,

frontière fermée. *Don't touch.* Et puis elle ressemble, oui ou non, à Élodie ? Même odeur saline, même forme, même peau blanche, douce.

Mais quand on veut on ne peut pas. Et même si ce n'était pas la première fois — je ne suis pas complètement niaiseux, j'ai mes mauvaises habitudes personnelles depuis un bout de temps déjà — ce qui est venu en moi à ce moment-là de chaud, d'agréable, de trop bon, d'insensé : voilà que la douceur montait, s'insinuait, m'empêchait de fuir. *Le plaisir, c'est ça qui pousse à rester, sans doute ?* C'est ça qui permet d'arrêter la fuite, non ? En tout cas. Malgré moi et à mon corps défendant, je restais là, incapable, tout à fait, d'agir, de faire quoi que ce soit à propos de cette idée fixe dans la tête ! Partir. M'en aller. Sacrer mon camp d'ici. Avant qu'il soit trop tard, que ça soit fini, que j'aie perdu le peu que j'ai.

Et Dieu sait ce qu'elle a dans la tête, ce qu'elle veut de moi, cette Clarisse. J'aime cent fois mieux rester comme ça, incomplet et complètement seul, je ne veux plus de moitié, douce ou amère, jamais, depuis qu'Élodie et Stie. Je ne veux plus d'embêtements avec qui que ce soit, jamais. D'emboîtements je n'en veux pas, du moment qu'on est sortis Élodie et moi du ventre saignant de notre maison Usher.

Elle, elle sommeillait du sommeil du chat. Les yeux mi-clos elle avait eu le temps de noter ce qui, chaud et doux, agréable, insensé, venait de me monter au ventre sans que j'y sois pour rien de rien, m'empêchait de partir, de me sauver avant que ce soit trop tard, que j'aie perdu le peu qui me reste. *Car si un jour le Sésame, si des fois ça arrivait. Il ne faut jamais dire jamais.* Elle a profité de ça pour s'étendre sur moi, toute nue, demi-rêve, n'a rien dit, m'a écrasé ses seins sur la peau, elle bougeait doucement. *Don't touch.* S'est renversée sur moi de la tête aux pieds — *qu'est-ce qu'elle fait là, pour l'amour ?* Ses jambes en pleine face. *Drôles de contorsions, gymnastique*

insensée. Nervosité, malaise. *Que fait-on dans des cas pareils ?
Et voilà sa bouche, incroyable ce qu'elle fait, tout de même, succion,
ses dents, drôle d'idée, comment savoir. Ce qu'elle ose ! Est-ce que ça
se fait vraiment ?* S'était mise à lécher, téter, m'avaler
doucement, je n'en revenais pas, gêné, rose comme un
bébé, j'ai crié, j'ai dit quelque chose, oui à ce moment-là
j'ai dû parler, ne pouvais faire autrement, c'est vrai,
j'aimais ça comme un fou, mais ses dents, oh oh, mais
l'idée, drôle d'idée. *Je dois avoir peur, ça doit être ça, le
problème.* Connaissait le ballet, variait ses positions, la
belle princesse charmante, sa langue encore, dans ma
bouche, plus tard, s'est mise à fouiner beaucoup plus
tard, audacieuse, ma bouche pâteuse, mordiller le cou,
ses dents, sa langue dure, pointue, suffoquer, canines,
sommes-nous des chiens ? Ça bave ça mouille. C'est elle qui a
fini par me glisser à l'intérieur huileux, m'a glissé elle-
même dans son ventre plus doux, plus liquide, plus
soyeux que l'idée, l'image que je m'en faisais. Pénétré en
elle, ballet continu, remuer, contracter, succionner. Je
n'ai rien pu faire d'autre que de me rendre, éjecter tout
ce qu'il pouvait me rester de liquide dans le corps depuis
les vomissements de la veille, et c'était la première fois
que ça se produisait de cette façon-là, intime, trop
intime pour ma tête de bélier pointu. *Je ne sens rien, rien et
rien.* Et tout le temps que je — je jouissais — comme ils
disent, c'est ça qu'ils appellent comme ça ? Je suppose.
Que je. Première fois. En tout cas. C'était quand même
Élodie et Stie que je voyais passer dans ma tête, et eux
deux tout le temps. *Comment sentir sans penser, qui me dira
comment on fait pour arrêter la machine des images ?*

Ensuite, je suis revenu subito presto au réel quand
elle m'a dit: «Tu pues, tu sens le vomi, c'est écœurant, va
te laver, va te raser, va te brosser les dents, je te prête
mon Colgate, toutes mes affaires.» J'ai repris mes
esprits, j'étais plein de bave, de salive, de mucus, de
glaire, de pluie, de bile, de liquide, comme un bébé qui

sort du ventre de sa mère, comme mon pénis qui ratatinait, qui n'en revenait pas. Quelle affaire! Sale affaire. J'ai fait couler l'eau dans la douche de métal, j'ai bu au jet, j'ai mangé du savon. La tête me cognait. Le bruit de l'eau sur le métal rouillé me crépitait au tympan. J'entendais venir de mon cerveau d'abruti des marées, des vagues de vapeur, ça coulait sur moi l'eau tiède, me réchauffait, me remettait tranquillement sur mes deux pieds flageolants. *Mais ne pas retomber dans le sommeil. Partir. Quitter. Éviter. Attention.*

Alors j'ai décidé d'oublier complètement ce qui venait d'arriver. Coupé. *Shut up.* Que j'ai été quasiment violé par une fille. *Ne comprends rien à rien. Ridiculous. Partir, m'en aller, me sauver.* Je n'ai pas pris la peine de me sécher, de toute façon je ne voyais pas de serviettes. Je n'avais plus trop de temps si je voulais réussir à me sauver, échapper à tout ça, oui, avant qu'il soit trop tard et que j'aille me blottir dans son lit comme un bébé. Habillé, vite, j'ai pris mon élan, foncé vers la porte comme un bélier têtu. Elle n'a eu que le temps de dire: «Klôs? Klôs! Viens ici une minute, au moins, espèce de sauvage!» J'ai crié: JE NE PEUX PAS. J'ai hurlé: C'EST IMPOSSIBLE. Je me suis rué dans le corridor jaune et or du motel, vers la porte en aluminium, je courais comme un fou, encore une fois, sans savoir pourquoi-pourquoi-pourquoi. Je me souviens d'un flamant rose, d'un tapis beige, d'un néon mauve.

24

Les arbres jaunes d'octobre doré, et l'air frais, déjà ; au ←
crépuscule, quand Zella est revenue chez elle, un
soir tard, c'était trop tard. Le souffle d'une génération
venait de s'épuiser, dans la maison familiale. *Trop tard
pourquoi ?* Clorinne avait allumé les lampes, en l'attendant.
*Ça lui prend donc bien du temps, revenir de l'aéroport, elle devrait
déjà être ici, à l'heure qu'il est, elle retarde, Zella.*

Porcelaines, torsades, abat-jour de soie. Vase sur le
piano, arabesques taillées dans le verre, là depuis
toujours. Bibelots, portraits aux teintes de sépia,
brunies : tout cela a surgi devant ses yeux, devant sa
mémoire ramenée au présent. Heureusement, Clorinne
était là. Elle l'a prise dans ses bras, *deux petites filles*, elles
se sont assises sur le canapé d'osier. Elles ont bu du
café, elles ont mis des sucres à tremper dans du cognac.
Ensuite, les autres sœurs sont arrivées. On lui a raconté
tous les détails de la fin. Elles ne se connaissent plus du
tout, ces sœurs. Puis un défilé de cousins, d'amis, de
connaissances anciennes. Mémoire, visuelle. Les noms
se perdent, seuls les visages, les vestes bleu marine, les
chemises blanches, les tailleurs classiques : tout change
si lentement, dans l'apparence. Elle, Zella, restait isolée.

L'œil en fuite. On n'osait la questionner, on n'osait rien
dire. *Tellement obscure.* On n'osait s'en mêler. Un malaise.
Chuchotements. *Vous avez vu ? Ses rides. Les yeux. Vous avez
vu ? Elle est revenue.*

Seule Clorinne s'efforçait, comme toujours, de
parler. «Ils sont partis, mais je suis sûre qu'il ne leur est
rien arrivé de mal. C'est moi qui les ai fait partir, d'une
certaine façon. Il le fallait bien. Demain, l'enterrement.
Elle a parlé d'eux, tu sais, juste à la fin. Elle les aimait,
elle devait bien se demander, pauvre inconsciente,
pourquoi ils n'étaient pas là, auprès d'elle, Élodie, Klaus,
ils faisaient partie de sa vie. Mais elle était depuis
longtemps trop vieille pour comprendre. À chacun de
trouver son courage, Zella. Si tu veux savoir où ils sont,
va du côté de Lavigne. Oui, ils sont partis dans cette
direction. Mais ils sont assez grands pour se débrouiller,
maintenant. Et je suis si contente de voir que tu vas
mieux. Tu as l'air vraiment mieux, Zella.» Elle disait des
choses, comme ça.

Que dire d'autre ? Qu'il faut bien continuer, que ce
n'est la faute de personne, que dire d'autre ! *Surtout pas le
reste.* Que ça ne se laissera jamais démêler, que ça ne se
laissera jamais comprendre. Elle sait, Clorinne, qu'il n'y
a pas à épiloguer sur ce méli-mélo qui vit en dehors,
avant, après ; alors, elle parle. Dehors le vent, l'automne,
la pluie. Cela les enferme. Ça hulule. Et elle, elle
cherche de petits mots, comme une mère auprès d'un
bébé naissant qui ne sait pas pourquoi il pleure, qui ne
sait pas encore même écouter. Ce ne sont pas des mots
qui servent à comprendre. Ça va simplement contre le
silence. C'est ça de gagné. Voilà ce qu'elle a toujours
cru, Clorinne. Elle a peur du cri. Elle a peur du silence.
Alors, elle parle.

Ce n'est la faute de personne. Mais les paroles glissent
comme l'eau sur la peau d'un canard, ça n'atteint rien.

Ça ne touche rien, on dirait. *Oui, les enfants sont partis, c'est normal, après tout. Même Maurice n'a pas eu la vie facile, même Maurice. Imagine un peu, l'angoisse de Maurice.* Ça ne colle pas très bien mais ça vient, quand même, ces paroles, comme une eau, tiède, douce. *Il n'y a pas de drame qui tienne, à la longue. Ne jamais laisser les drames tenir le coup.* Parfois, on sent que ça s'étrangle, mais il faut qu'elle dise. Tout, plutôt que le silence. Simplement : se croire humaine. *Ne faut. S'en faire. Avec ça. Fini. Rien à changer.* Comme si personne ne les disait vraiment, ces mots. Sonnent vide. Sonnent creux. Ne parlent de rien. Banalités. Ça ne dit rien. Une voix pour rien. Ça pourrait peut-être aider à camoufler ? *Je t'aiderai. Portes ouvertes. Courage. Bon côté des choses. Deux côtés de la médaille. Rien n'est dramatique. Après la pluie. Avec le temps. Dramatique. Tout s'arrange.*

Des heures et des heures, doucement, ça chuchote, ça placote. Deux sœurs. Assises dans le salon d'enfance, fixant les détails : les meubles de bois foncé, les plis, dans de vieilles tentures rouge vin, les sillons dans le tapis. Ça se dessine ; quelques images. Elles se mettent à fouiller les armoires, se rappellent : une ou deux argenteries, plaquées, des chandeliers ternis, la porcelaine, le verre taillé, les serviettes anciennes. *Noëls, mariages, certaines occasions, gaies ou tristes.* Elles passent et repassent les mains sur les objets lisses, ça s'adoucit, une sorte de tendresse. Un climat s'installe, malgré tout. Les autres sœurs partent, chacune son affaire. C'est une fin d'époque. Cela arrive toujours à établir une sorte de détente, la fin. L'atmosphère s'allège, provisoirement. Une éclaircie.

Clorinne a tout expliqué : qu'elle n'a pas talonné la police, que de toute façon, des cas comme celui-là, des fugues d'adolescents, il y en a des milliers. La police ne peut rien faire. *Ils inscrivent les noms dans les fichiers. Ils ne cherchent même pas. Ils attendent.* Elle a donné le signalement au cas où, mais sans véritable espoir, ni véritable inquiétude. *Ils vont leur vie, c'est tout. Ils trouveront bien, comme tout le monde, une façon ou un autre de s'accommoder. Ils reviendront bien, un jour.* Tout revient, toujours.

Elles ont essayé devant le miroir, en silence, quelques bijoux simples d'or ancien, une broche d'argent, un rang de perles jaunies. Senteurs vagues de Cologne dans les tiroirs tapissés d'étoffe fleurie. *Tout s'adoucit, à la longue.* Ce n'était pas du chagrin. Elles avaient le sentiment d'en finir avec le tumulte. Dans les armoires les soies, le taffetas, de couleur rose, pêche, des batistes, blanches ou écrues : *passées.* Un état second. Impossible de toucher, maintenant, ce qui s'est souffert. *Comme ça s'est effacé, la couleur, sur les vêtements !* Quand ça ne se sent plus du tout, on sait que c'est fini. Un calme, certain.

Se retrouvant après tant d'années, n'ayant plus à expliquer. Et Clorinne, paisible, pacifiante, qui essaye patiemment d'étendre les mots comme un onguent. *La rassurer. Mentir.* Dire combien elle est heureuse de voir qu'elle va mieux. *Mentir plutôt que de se taire.* Parler. Ne disant pas combien les rides creusent, combien le regard erre. Qu'un volcan n'est jamais tout à fait éteint, une fumée jamais complètement froide. Ne disant que le meilleur de ce qui s'est laissé, toujours, tisser entre elles. *Deux petites filles. Deux sœurs.* Ça n'est pas de l'amour. Ni même de la tendresse. Plutôt seulement cette mémoire comme un caillou poli, qui ne peut plus blesser tellement il est arrondi. La mémoire ronde, entre elles et les objets. Une accalmie. Cette table, égratignée par elles peut-être, il y a trente ans. Le détail des volutes, dans le bois de la table. *Ça fuit.*

* * *

Mais la parole n'a pas suffi. Et le lendemain, tout de suite après l'enterrement, Zella décide de repartir ! Comme un besoin, au plus vite, de se sauver. L'angoisse,

déclencheur automatique. Elle décide de se rendre
jusque chez Lavigne, dans les Laurentides. C'est immédiatement plausible, à ses yeux, ce but : après tout elle
connaît bien cet endroit, et puis, Clorinne elle-même
n'a-t-elle pas suggéré cette direction ? Oui, de nouveau,
ça la prend de court. C'est dans l'église, que la panique
l'a rattrapée. Cette odeur d'encens, les chants graves,
les relents obscurs et l'éclairage voilé, mystérieux. Elle a
dû s'asseoir — une faiblesse — elle s'est trouvée
incapable d'observer le rituel. Autour d'elle les amis, le
sérieux, des parents éloignés, une vieille dame esseulée.
Que rien ne paraisse ! Ils ne regardent surtout pas de
son côté. Tous, franchement de face ; leur façade. Alors,
derrière la sienne, subitement, ça se produit. Encore
une fois. Une sorte de mors aux dents. Elle se sent trop
mal et, dans une brusque décharge d'énergie, elle décide
de partir. *Fuir.* Soudainement une terreur, violente, la
saisit, dans cette église de l'enfance. *Fuir.* Peut-être
est-ce cette odeur d'encens, le rappel d'autres céré-
monies semblables, l'atmosphère ? Une idée s'impose :
tout de suite après, sans attendre, emprunter la Datsun
de Clorinne. Elle ne pourra pas refuser, c'est elle-même
qui a proposé de chercher du côté de Lavigne. Elle
connaît le chemin sur le bout de ses doigts, il a à peine
changé, depuis le temps.

Sur le boulevard Métropolitain, sur l'autoroute, elle
conduit sur la voie de gauche, les bras tendus, le dos
appuyé au siège, les yeux rivés à l'asphalte qui défile,
sans voir aucun détail du paysage. Elle poursuit les
poids lourds, accélère dans les tournants, carte géogra-
phique en main, droit au but, sans commettre une seule
erreur d'orientation, une seule maladresse de conduite.
Là-bas, sans que cela nécessite trop d'explications, c'est
Gino qui lui apprend l'existence de Stie et lui conseille
de consulter Legras. Elle ne s'est même pas présentée,
n'a donné ni motif ni raison, mais il a reconnu les yeux

vert vague, les yeux de chat d'Élodie. Alors, il a
expliqué : Legras, une maison mobile, repérer le Alexis
Bar Salon sur la route 222, puis rouler encore cinq
kilomètres de chemin, dans les terres. Où le rang fait
un tournant, c'est là.

Pressée, elle ne prend même pas le temps de saluer
cette femme médecin qui prétendit un jour qu'elle avait
besoin de soins, qui osa un jour lui donner la permission
de partir. À quoi cela servirait-il, de revenir en arrière ?
Il n'y a qu'une seule direction à sa fuite, maintenant.
Elle repart, agitée, elle se dépêche, se rue vers la
voiture, en proie à sa propre urgence. Elle ne sait
certainement pas pourquoi elle démarre si vite. Qu'est-
ce qui la pousse ? Quelque chose la presse, mais elle
ignore au juste quoi. Elle erre un moment, avant
d'atteindre la maison mobile de Stie. Elle se trompe
plusieurs fois de route, elle ne réfléchit plus du tout, va,
vient, fonce dans tous les azimuts. On se demande au
village qui peut bien être cette femme vêtue d'un
tailleur droit, ce qu'elle cherche ici avec tant d'anxiété.
Et elle, sachant bien qu'il n'a jamais été possible de
ralentir la force aveugle quand elle se met à précipiter, à
pousser en avant, multiplie les allers-retours nerveux
dans les chemins de terre, les questions saccadées aux
vieux crochus sur leurs chaises berçantes, les virages
impatients dont le crissement réveille même la vieille
femme, engourdie au fond du dépanneur magasin
général.

Enfin, elle finit par la trouver, cette maison mobile,
assise sur ses blocs de ciment, non loin du Alexis Bar
Salon, juste là où l'avait indiqué Gino. Elle reconnaît la
description — le tapis d'ozite vert, les rideaux de
plastique. Comme une somnanbule elle s'avance vers
Legras, pour demander où sont allés les enfants. Bien
inconsciente de l'aspect saugrenu de sa question, de
l'allure incongrue que lui confèrent son tailleur gris fer,

ses gants de peau, son chapeau de feutre mou dans le paysage décapoté des Laurentides, l'œil cataleptique, elle regarde le désordre. Des saletés étranges, là-dedans. Bouteilles vides, cendriers, vêtements d'homme à la traîne. L'odeur rance ne lui déplaît pas. Les meubles sont laids, comme elle a toujours cru que l'étaient ceux que l'on annonce dans les suppléments de journaux. Des meubles quelconques, oui, bien ordinaires, et des tasses de café, un pot de Maxwell House sur la table d'arborite. Genre de monde qu'elle n'a jamais connu. Ça la sort, momentanément, ce décor, de l'envoûtement de sa fuite. Ça ralentit provisoirement sa course. Et elle entend à peine Legras ricaner. *Une bien belle madame. Une bien belle petite madame!* Elle s'en fiche, de ses sarcasmes, elle est bien capable d'affronter n'importe quel regard de maniaque, elle est complètement désensibilisée, maintenant. Les contrepoisons ont donné leur effet, elle ne saurait plus rien sentir, désormais. Elle n'en continue pas moins d'agir. *Une vraie zombie*, pense Legras, qui répond, bouche pâteuse, œil égrillard : *Sept-Îles, grossesse, Stie. C'est tout ce que je sais.* Zella griffonne l'adresse. Vite, elle écrit, vite, elle remercie, vite, infatigable, fiévreuse, elle reprend le volant, revient en sens inverse vers la ville, ne mange plus, ne dort plus, ne connaît plus le temps. À Montréal, elle va directement louer une voiture chez Avis, abandonne la Datsun stationnée sur la rue Drummond, file le long du fleuve. *Rien n'arrêtera maintenant le trajet qu'elle complète, à une vitesse accélérée, une déboulade, une avalanche, en guise de fin.*

Mais il sera quand même tard, trop tard, quand elle parviendra là-bas, épuisée par la conduite tendue, pendant des heures, sur les autoroutes ultra-rapides qui sillonnent le paysage. *Élodie aura déjà été traversée par son enfant. Une fille de cinq livres, arrivée plus tôt que prévu, vraisemblablement à cause de ce long voyage dans le camion brinquebalant de Stie. Une débâcle, encore une, sauvage, violente.* Tout continue, tout recommence. Ça n'arrête jamais de

revenir au rivage, les vagues. *Un bébé vivant qui crie et sa*
mère, une fille-mère, la vingtaine à peine sonnée. « Bébé, qu'elle a
murmuré, Élodie. Mon bébé. » Des choses comme ça, tout à fait
audibles. N'avait-elle pas toujours su parler ? Des mots simples,
petits, se sont articulés, envers le bébé. Oui, elle avait probablement
toujours su, jamais voulu.

Zella fonce vers cela à toute vitesse, dans sa voiture
louée, sur les routes sinueuses et à pic du bas du fleuve.
L'air s'humidifie, les couleurs s'adoucissent, toutes de
vert, de gris. Le courant s'élargit, s'agrandit, se préci-
pite, se renforce. Les mains de Zella contrôlent encore
le volant, mais le roulis sur l'asphalte et le bruit du
moteur finissent par l'endormir. Alors elle avale des
Wake-Ups, du Coca-Cola, elle décrispe systématiquement
les doigts, laisse aller et venir son regard entre la route
qui défile en avant et le paysage décalé dans le rétroviseur. Elle ne pense pas, elle conduit. Mais le temps est
si définitif. *Son enfant aura déjà trouvé. Au moment où elle était*
à son tour traversée, vingt ans après elle, par le courant de la vie-
mort, là-bas, dans cette maison de Sept-Îles face à la mer : des
femmes. Oui, simples, directes, les autres femmes n'ont pas laissé la
peur gagner, au moment où dans les yeux vert vague d'Élodie elles
ont vu que les vagues intérieures commençaient à pousser. Elles ont
doucement parlé : « Respire. tranquille. prends une grande respiration.
un bon respir. là. bon, tu vois, maintenant, c'est fini. mais attention,
ça va recommencer. touche à ton ventre. il devient dur comme du bois.
quand tu sens qu'il durcit, respire, ça fait moins mal. » Les yeux
dans les yeux, les mains dans les mains, l'une appuyait sa paume
sur la peau distendue, une autre appliquait une débarbouillette
mouillée sur ses lèvres. « Non, ne pousse pas, pas encore, pas tout de
suite. » Puis, quand ç'a été fini, qu'on a eu entendu le cri, le cri de
cette nouvelle fille qui venait de naître, les sœurs de Stie, sa mère, les
belles-sœurs, les cousines, les voisines, toutes les femmes ont pris
Élodie et l'enfant dans leurs bras, les ont bercées, les ont chauffées,
les ont nourries. Élodie murmurait : « Dodo l'enfant do, P'tit Jésus
bonjour... » Personne, là-bas, non personne n'a pu s'étonner que des
mots, petits, se mettent à sortir de la bouche d'Élodie.

Zella ne voudra pas éviter cela. La loi tranquille du réel ne laisse rien se perdre. Pourquoi tient-on tellement à voir ? Elle ne devine pas, elle fonce, à l'autre bout de sa fuite. Les maisons se dispersent dans le paysage, la mer prend de plus en plus de place, au fur et à mesure que Zella avance. Entonnoirs de montagnes, mauves, sauvages. Nappe agrandie des eaux froides. Mais après ce trajet ininterrompu, surhumain, des Laurentides à Montréal, puis de Montréal à Sept-Îles, à la fin de ce voyage accéléré, quand elle arrivera devant sa fille et sa petite-fille il sera tard, bien tard, pour se trouver là. Et quand elle la reconnaîtra, après quelques minutes d'incertitude, Élodie en criant courra se réfugier dans les bras des autres femmes. *Quel cri elle a poussé en reconnaissant cette femme, sa mère. Avec tout son corps elle l'a empêchée de voir son enfant, la sauvage, Élodie.*

Alors, encore un peu, Zella fonce à toute vitesse. Elle accélère, elle conduit beaucoup trop vite sur la route étroite, à deux voies, mal dessinée. En continuant à tenir mollement le volant de la main gauche elle avale des pilules roses, jaunes, vertes. *Ne plus penser, anesthésier.* Elle fume des cigarettes, elle se ronge les ongles, elle ne sent ni sa faim ni sa soif ni rien de ce corps dont elle ne veut décidément plus s'occuper. Elle n'est restée que deux ou trois heures, en tout, à Sept-Îles. Et maintenant, elle n'en peut plus de conduire, elle n'y arrive presque plus, à tenir la bride. C'est la machine qui prend le dessus, on dirait. C'est le moteur qui s'emporte, s'emballe, se cabre. Les yeux déraillent, ou est-ce la route qui dévie, le pavé qui ondule ? Elle ne mesure plus bien les angles du chemin, ni le rapport du volant à la courbe de la route. Elle ne suit plus exactement le tracé. Et sur la chaussée glissante, dans la bruine maritime, la Chrysler louée chez Avis, à Montréal, dérape, s'embarque dans un tête-à-queue complet. Elle ne crie pas, à ce moment-là, Zella. Elle a à peine le temps de voir qu'une énorme

vanne arrive dans l'autre sens. Le chauffeur applique
les freins mais ça va trop vite. Perte totale. Et Zella
défigurée, le dos cassé, les intestins perforés. Inconsciente. Désormais inconsciente. Le cerveau à jamais
débranché. ENFIN. *Elle a tout juste eu le temps de penser cela,
dernier éclair: enfin !*

25

*« Cette fuite en avant a quelque chose
d'extrêmement comique et c'est rare que
l'un de nous ose faire un pas en arrière. »*

Yolande Villemaire

Quand j'ai claqué la porte d'aluminium peinturé,
j'avais sérieusement l'impression d'avoir échappé à
cette chambre, au lit double, au couvre-lit vert pomme,
à je ne sais trop quoi qui m'a fait freaker, il faut croire,
dans ce motel de bord d'autoroute. *Mais quand on croit
s'enfuir, on ne fait toujours que courir après ce dont on veut se
sauver. Est bien pris qui croyait se déprendre.* Pas en forme, pas
aérobic pour deux sous, je n'ai pas enduré longtemps de
faire semblant que je m'en allais pour toujours, comme
dans les films ou dans les lettres d'amour total. Le cœur
me pompait trop vite. Je n'ai pas résisté à l'envie de
m'écraser sur un talus. Répit. Pas loin du motel. En
réalité, juste en face. *Inutile de se creuser les méninges pour
essayer de trouver ce qu'il faut faire, juste ce qu'il faut faire, au bon
moment : on ne peut prendre aucune décision lucide.* Et pour une
fois que quelqu'un veut de moi, je n'ai pas eu le courage
de couper. Quelque chose de plus fort que moi m'a
empêché de la fuir, de m'enfuir. Résultat, je me suis

retrouvé, belle conclusion, bien de bonne heure le matin, assis dehors, grand codinde dans la brume. Pas de café pour m'injecter des idées claires dans la tête, pas de cigarettes, rien du tout pour m'adrénaliser les nerfs, sérieusement gelés par la bière. Pas une auto, pas un bruit de moteur dans l'air, pas même une petite odeur d'huile, de gaz, de fumée malsaine : rien. Silence. *Ceux qui pensent y voir clair me font rire et brailler de rire.* Calme matin. Les yeux au neutre, j'ai laissé les gouttes de rosée sur un brin d'herbe m'intéresser, ça ou autre chose. Une fourmi, une brindille, du minuscule. N'importe quoi aurait fait, rendu là. Mine de rien, j'attendais. Évidemment sans le savoir, ni savoir quoi. Puis son pas de louve, son roucoulement, la colombe !

Elle riait déjà quand elle s'est cachée derrière moi en me mettant les mains sur les yeux comme Élodie, au terrain de jeux, quand on était petits. Drôle de hasard. Elle gloussait, elle chantait : « Je suis une vamp, une mante religieuse déguisée en chanteuse, une avaleuse de jeunes hommes, attention tu ne m'échapperas pas Petit Poucet, je vais te manger tout rond. » Elle chantait sur un air stone, avec la voix éraillée d'une vedette fêtarde de quatre-vingts ans. Et j'ai à peine eu le temps de voir passer en éclair l'idée qu'après tout, si je m'étais effoiré à vingt pieds du motel, c'était probablement pour me jouer un tour et voir si elle me suivrait, la belle Clarisse. Elle était là, prise d'un grand rire qui la secouait tout entière, la pliait en deux, à s'exclamer, nerveuse dans l'air translucide : « Mais t'es bien pogné, toi, mon beau Klôs ! J'pensais pas que c'était possible, être pogné comme ça. Pour l'amour arrête tes folies, ça se peut pas, un gars comme toi, j'ai jamais vu ça de ma sainte vie. Cessez d'avoir peur, croyez au succès, jeune homme. » Elle se moquait de moi, dans sa robe de chambre de satin rose, beurrée du maquillage de la veille, ébouriffée, belle comme un chat. On avait l'air

drôles pour vrai. Deux hobos comiques. Je me suis mis à
trouver ça pas mal capoté comme situation, pas mal
pété, l'affaire.

J'ai marché sur mon orgueil, comme on dit, je ne
pouvais pas me fâcher. Lui voir les larmes couler des
yeux tellement je la faisais rire, Clarisse, ça m'a enlevé
toute ma colère. « Y'a tellement de funne à y avoir, mon
vieux, lâche-moi ton air lugubre d'outre-tombe. Tu me
fais penser à ma grand-mère, c'est bien simple. Attends
que les extra-terrestres arrivent sur la terre, ils s'en
viennent, ils vont tout expliquer. D'ici là il faut
s'amuser, non ? » Je ne sais pas pourquoi, les écluses se
sont ouvertes pour la deuxième fois, exactement, en
deux jours. Ça m'a pris, moi aussi, ça m'a gagné, c'est
contagieux. Une espèce de rire gigantesque dans le
ventre, subitement. Étendu la face dans l'herbe j'ai ri,
un vrai fou. De tout. De tout ça et de tout le reste. Il
était temps de rire de tout, pour une fois, une fois pour
toutes. Après les larmes, le rire. Ça sort, ça vide.
Ensuite j'étais flat comme un Seven-Up ouvert depuis
dix jours, comme une vieille 50 décapsulée sur une
tablette. Rire à en attraper le hoquet, la bouche fendue,
le ventre dur. Moi ! *Est-ce possible que ça soit possible ?*

« Es-tu correct, maintenant, espèce de sauvage ?
Viens-t'en. On va aller manger des toast-café-marme-
lade, avec un bon p'tit verre de jus d'orange Tang
cancérigène, miam miam. J'ai faim. Les émotions, c'est
pas mon genre. Aie donc pas peur de moi, mon beau,
j'vas te faire des dessins s'il faut. Tout peut s'apprendre,
grand niaiseux. Quand on veut on peut. Ça n'a pas
d'allure, rester pogné comme ça, t'es trop sérieux.
Lâche le tragique, change d'époque. Viens-t'en avec
moi. Tu vas voir, on va s'amuser comme des vrais
enfants dans tous les bars-salons, les tavernes rock, les
salles de danse cheaps et kétaines. Tu vas m'écrire de la
belle musique down, à propos de tes bad trips d'enfant

martyr. Je vais devenir la chanteuse la plus heavy au monde, si tu veux. Mais on va rire sans cesse, et sans arrêt, comprends-tu ? Il n'y a rien au monde dont on ne peut pas rire, souviens-toi de ça. » *Trouvez un sens de l'humour.* AH! AH! AH! Beau programme. Mais elle ne riait plus du tout, la belle Clarisse aux yeux clairs.

Alors on a marché tranquillement vers la route. Les autos se remettaient à circuler une à une. Des vannes, des autobus, des Dodge, des Impala chromées. Zwing zwong dans les oreilles. On a dû faire un demi-mille avant de tomber sur un Marie-Antoinette jaune orange et bleu turquoise. On avait tous les deux oublié que Clarisse était en robe de chambre et en pantoufles de minou roses. On faisait un bien drôle de couple. *De couple. Ouache. Un bien drôle de. En tout cas.*

La serveuse a fait semblant de rien, au début. Très officielle, toute à son affaire, très sérieuse avec son stylo doré, son bloc de commande, ses cheveux frais crêpés, ses yeux égyptiens, son rouge à lèvres sunshine du matin. «Deux factures ?» qu'elle a demandé, en se tortillant dans sa jupette. On a pouffé, encore, mais elle n'avait pas l'air de trouver ça si drôle. *On est toujours rien qu'au Marie-Antoinette, à six heures du matin, un jeudi ordinaire du mois de septembre,* qu'on lisait sur sa face écœurée. Clarisse a dit : «Mettez tout sur la même facture, c'est moi qui paye», et la fille a haussé les épaules avec mépris, comme elles essaient toutes de faire, en disant à son tchum au comptoir que ça prend toute sorte de monde pour faire un monde.

Après avoir examiné en détail toutes les photos couleurs en prenant bien notre temps, on s'est décidé pour le numéro 4, le déjeuner le plus complet au monde. Comme a dit Clarisse, «les œufs, ils ne peuvent pas encore les synthétiser». La belle margarine salée fondait

sur son petit carré de carton. Le Coffee Mate ne faisait
pas trop plâtreux. On s'est remis à faire les fous, on ne
pouvait même pas se regarder sans repartir à rire. Pour
se calmer, on a mis les Beatles, au juke-box. « Lucy » d'un
côté, « Sixty-four » de l'autre. Ça change des Stones.
Clarisse était d'accord. On a fait des folies pendant une
heure en sirotant notre café, en jouant au tic-tac-toe
sur le napperon juste pour achaler la serveuse. Les
commis-voyageurs rentraient un par un avec leurs
cravates, leurs permanent press, leurs Craven A Extra-
Mild. On riait de ça. Mais ce n'était pas vraiment de ça.
La serveuse se garrochait de plus en plus cadencée, au
comptoir de commandes. *Deux numéros quatre, deux cafés.*
Les spots infrarouges s'étaient allumés en prévision de
toutes les frites surgelées de la journée. Le gérant a dû
faire partir le système Musac à un moment donné, on
n'entendait plus les Beatles.

Quand du réel l'ombre, fugitive

26

Il se remet mal du voyage, Maurice. Ce départ furtif de
Montréal comme un voleur, l'autocar vers Mirabel
dans la nuit noire, et ces fantômes dans le corps qui
montent, qui oppressent : il lui a fallu deux neurolep-
tiques pour le trajet, mais il n'a quand même pas fermé
l'œil de la traversée. Ni goûté au saumon fumé, au rôti
de bœuf Cumberland compris dans le prix du passage
en classe économique. À la fin, l'intolérable jeu de
compression-décompression, les oreilles qui collent, le
sang qui bat aux tempes, la pression sourde sur le
tympan, comme celle de l'air que déchire la carlingue
quand elle pique vers le sol. Les gens ont tendance à se
taire, pendant les atterrissages. Il entend leur silence. Il
regarde s'approcher la planète, balisée de signes humains.
Il pense qu'il n'aura jamais plus envie de reprendre
l'avion. Sens unique. Pas le choix d'aller ou non jusqu'au
cul du sac.

Alors, machinalement, descendre à Roissy, monter
dans l'autocar français qui fonce dans le brouillard,
traverser la banlieue parisienne sans voir tous ces gens
qui ne savent pas d'où vous sortez ni ce que vous venez

faire chez eux. Émerger aux Invalides, traverser péniblement le quartier des ambassades, marcher. L'air de Paris est sonore et odorifère. Gaz d'échappement, effluves d'expressos. Pourtant l'atmosphère cette fois ne parvient pas à l'envoûter comme naguère, durant un séjour précédent, il se rappelle, il avait logé à un petit hôtel bon marché du quartier des Halles. C'est là qu'il se dirige, droit au but, aveugle comme une fourmi dans le dédale des rues. Mais le cœur n'y est plus. Littéralement. Le charme est rompu. Il songe à prendre le taxi. Puis décide que la promenade sur les quais vaudrait la peine. Traverse le pont des Arts. Remarque le même vieux musicien et son orgue de Barbarie, les mêmes vendeurs de bijoux africains qu'il y a deux, trois ans. Traverse la cour du Louvre, trébuche sur les pavés, débouche rue de Rivoli, prend garde à l'autobus qui arrive à contresens dans le couloir réservé.

Il va s'installer là, quelque temps encore, dans le décor balzacien de Paris. *Ailleurs.* Au milieu des édifices hausmanniens convergeant sur des places étoilées, là d'où, par la fenêtre ouverte, au sixième étage côté rue, il peut voir sous lui, en se penchant dangereusement pardessus le bord, le corps de la ville étalé, ses ruelles étroites qui finissent toutes par déboucher sur de grandes avenues au sens clair. Il remarquera ça, encore une fois, Maurice : *dans ce genre de villes l'angoisse des étroits passages, la ramification des artères, ça finit toujours par déboucher sur des boulevards rectilignes. Mais la cité en elle-même a forme concentrique.*

Il va s'asseoir, quelque temps encore, sur cet autre continent, avec l'Atlantique entre eux et lui. Définitivement entre eux et lui. Ils vont devenir des personnages, maintenant qu'il se met à réaliser, à imaginer. *On n'échappe ni au réel, ni à sa transformation mentale.* Tout ce qu'il a évité de justesse, cela revient. *Ça n'était pas du cinéma et maintenant c'est comme un film, qui passe sans arrêt sur l'écran mental.* C'est son corps, que ça bouleverse. *Ça finit toujours par nous rejoindre, cette ombre du réel qu'on fuit.* Il reste là, assis, apparemment calme, des heures de temps. Apparemment il ne fait que regarder l'organisme intime de la ville étalée sous lui. Mais dans sa tête, à une autre vitesse, défilent des paysages syncopés, en surimpression tremblante, éclatés, enchevêtrés, sauvages, des scènes, Yellowknife, cette passion, la naissance, ce refus, les jumeaux, méli-mélo, sa mère qu'il laisse partir sans l'embrasser, sa femme cette erreur qu'il fuit, qui quitte tout à son tour, son propre corps qu'il change, qu'il sculpte, qu'il perd, qui revient, qui le perd. Et pendant que sa rétine laisse s'imprimer l'image grouillante du corps de Paris en dessous de lui, et que son tympan vibre à chaque coup de klaxon et à chaque juron sonore venus de la rue, dans son cerveau, déconnecté de ces signaux urbains, les bribes de ce magma de chair, de silence, de rendez-vous du hasard, ces fragments somnambuliques venus de l'autre continent d'où il s'est enfui, cela repasse, cela ne s'est pas effacé. Mais pourquoi cette lettre mince, cette maladroite écriture d'enfant — *ce n'est qu'un enfant, encore, il va bien falloir qu'il vieillisse, lui aussi, ça va se tasser, mais quand va-t-il se décider à vieillir ?* Pourquoi a-t-il laissé cela l'émouvoir ? *Ne jamais laisser gagner l'émotion.*

Avec le cœur qui lui bat irrégulièrement dans le thorax pour quelque temps encore, et autour du cœur l'étreinte continuelle du réel, il reste là et ça défile, et il ne fait plus rien pour empêcher ce cinéma final. Il n'est plus qu'un corps atteint, vaincu en dernier lieu, livré au réel qui s'incarne dans la chimie de ses neurones. *Dernier retour du réel indestructible. Boomerang.* Rien de particulièrement différent, en cela, de Zella, Klaus ou Élodie, à leur heure, un jour. *Life is so short. Very short.* Et à la fin cela revient. Il les voit. Il se voit. Il ose regarder. Il attend. Il ne sait pas ce qu'il attend, il n'en connaît que le

mot. *Imaginer : mourir !* Il ne cherche pas à savoir. Il est
déjà tellement séparé de ce qui, au dehors, essaie
encore, toujours, de se tramer entre ces corps qui
continuent, survivent — courent, marchent, foncent
sur les autoroutes, respirent, mangent, se déplacent,
agités, compulsifs, obéissant à l'instinct qui les mène
vers leur vie, chacun vers sa vie qui s'échappe, fuit
comme l'eau dans la passoire, comme le poisson rouge
dans une main d'enfant.

27

À la fin du déjeuner, au Marie-Antoinette, à force de tout trouver drôle, une idée nous est apparue. Un genre de solution. *Ne pas décourager. Jamais. Face it.* Clarisse a dit : «Je vais laisser tomber les autres, c'est rien que des enfants, des bébés. Ils m'énervent. On va se sauver, ni vu ni connu. Ils vont nous chercher, c'est un bon coup à leur faire, ça leur apprendra à être si nonos. De toute façon, ils n'ont qu'à appeler papa-maman pour payer le motel. » Je n'ai rien répondu, comme d'habitude.

Mais quand c'est moi qui dois le faire, je ne peux pas, c'est impossible. Qu'est-ce qui arrête les gestes ? Qu'est-ce qui se retient malgré moi ? Il y a une barrière. Une aura, une magie, me séparent, très concrètement. La peau. Frontière. *Don't touch.* Je ne veux pas. Je ne peux pas. Je ne veux pas ce que je veux. Enfermé. Embarré. Cloîtré. Claustré. *Klaustré.* Ah Ah !

Clarisse n'est pas du genre à se laisser impressionner par le cercle invisible que tracent les pulsions lunaires quand elles fonctionnent à l'envers. Elle n'a pas peur des inversions, des raz-de-marée, c'est ce qu'elle dit. Elle préfère rire. D'après elle, il paraît, à Key West, en

Floride, on rencontre toujours des amis, le ciel est toujours bleu, la mer est toujours chaude, les gens sont toujours beaux. Elle dit qu'on peut trouver une autre façon. Sa façon, c'est cool. *Be cool, man. On peut tout faire quand on arrive à ne pas s'en faire.* C'est ce qu'elle laisse entendre.

Pourquoi elle et pas moi ? Pourquoi les autres et pas moi ? Qu'est-ce qui me sépare ? *Be cool. Let it be.* Pourtant, Clarisse, parfois. Dans ses yeux, je ne sais pas. Un vague. Un rien qui n'accroche pas. Une petite fuite. Un léger décrochage. Elle se couche c'est sûr elle fait tout avec son corps, tout ce qu'il faut faire, tout ce qu'on peut faire, comme dans les livres, comme dans les films, elle ose tout. Mais est-ce bien elle ? Elle croit que c'est elle. Elle croit qu'elle y arrive. Elle croit qu'elle n'a pas peur.

Et maintenant que j'ai été touché, je veux connaître le secret, moi aussi. C'est contagieux. Pourquoi eux et pas moi ? Qu'est-ce qui arrête mon propre mouvement ? Les yeux d'Élodie, son sourire, ses cheveux frisés dans la maison Usher ? Ma sœur. Revient. Un long tango qui finit par finir. Il faut absolument changer de partenaire quand le bal se termine. C'est ça, le plus difficile : switcher. Il le faut. Maintenant. *Here and now.* À la guillotine, au couteau à prélart, au rasoir : trancher, couper, désosser. *Shut up.* Juguler la mémoire. *Se tailler le cerveau comme on se taille les ongles.*

Je suis dans son lit. Une fois, deux fois, trois fois. *Impossible.* Elle me touche, me caresse, me dit «fais pareil», elle sourit toujours. Elle rit toujours. Ses mains m'égratignent, m'électrifient, me donnent la chair de poule. De quoi rit-elle ? Ce n'est pas de moi, je le sais. Elle s'étend, impudique, elle s'évache, elle dit des niaiseries, vraiment, ça me hérisse les poils, ça me sort les épines. Des niaiseries, des âneries, ça me fait débander quand j'entends ça. Sale affaire. Je n'endure pas quand elle dit « je t'aime » comme dans les films de onze heures à la télé. Je ne suis pas capable d'écouter des choses comme ça, de bouche à oreille. Ce n'est pas possible. Ça ne veut rien dire. Ce n'est pas vrai. Est-ce qu'elle pourra m'apprendre à parler, à savoir ce que ça veut dire, le secret ? *Top secret.* « Je t'aime tu es beau, viens, viens. » Elle dit ça, elle. Ça me fait frissonner, grincer des dents, juste d'entendre le son. Moi, je ne comprends rien. *Qu'est-ce qui me manque pour comprendre ?* Mais je ne pars pas. Je ne me sauve plus. J'attends. *Est-ce qu'on peut savoir ce que ça veut dire ? Pourquoi est-ce qu'on tient tellement à savoir ce que ça veut dire ?*

Elle se couche, elle me touche, ça ne marche pas. Elle n'essaie plus tous ses trucs, elle a bien vu que ça ne donne rien. Nenni. Elle reste à côté de moi, elle caresse mon ventre, mes joues, mes cheveux, comme si j'étais son enfant, et moi je ferme les yeux. Elle m'aime bien. Elle est bien gentille. Elle ne s'en fait pas pour rien, elle ne prend pas ça trop au sérieux. Je ne bouge pas, les poings serrés, j'attends. Ça se crispe, c'est inévitable, ça recommence, dans mon cerveau, c'est là. Rien à faire. On voit des choses et on ne peut pas les faire. On peut des choses et on ne les veut pas. On entend des mots et c'est comme des cris de perroquet. *Je t'aime tu es beau.* Mais ça ne me dit rien. L'autre jour, elle s'est mise à pleurer. C'est dur, la vie de psychopathe.

Mais bientôt, je le sais, je vais défoncer l'aura magique de ma peau aimantée vers l'intérieur. L'enveloppe va éclater, tout va péter. La barrière va sauter, à la dynamite mentale, il le faut. *Ne jamais décourager.* L'écorce va fendre. Clarisse a dit : « Tu es pas mal beau, c'est bien simple, non ? C'est français, non ? On s'entend bien, non ? » Elle commence à en avoir assez. Mais qu'est-ce que tout cela veut dire ? J'ai beau l'enrager, la mettre hors d'elle-même, quand c'est moi qui dois le faire, je ne peux pas, ça ne marche pas. C'est impossible, mais ça va venir. Comme disait Maurice, serait-il possible que ce ne soit pas possible ? Cher Maurice ! Cré Maurice !

Dans le grand souffle qui mêle tout, il s'agit simplement de faire apparaître le tracé secret. Il n'y a pas de méthode pour ça. Alors, pour le moment, disons qu'on va suivre l'idée qui a traversé l'écran cathodique de nos cervelles. Comme les oiseaux, on s'en va. On migre. Vers le Sud, la Floride, Key West pour l'hiver. On file dans l'Econoline, Gino pourra toujours se plaindre à sa belle docteure. On flye, on repart, on a juste assez d'argent pour l'essence et passer la frontière. Après, on verra. *Une frontière, c'est toujours quelque chose de gagné. Ne découragerons. Jamais.* Ils disent que là-bas le ciel est toujours bleu, les plantes toujours grasses, les piscines tièdes-tièdes-tièdes. On va toujours bien voir.

28

Ainsi, c'est probable, ils partent, encore. Ils voyagent. Roulent, marchent, traversent les paysages, pour filer vers l'autre bout de leur fuite. Sur les chemins où s'esquissent les anecdotes du réel, ils avancent. Leur détermination demeure féroce et avide. Sur un rond-point, sur une autoroute à péage, sur des viaducs, ils continuent à tracer des itinéraires pour s'éloigner. Martelant l'asphalte de leurs pas aléatoires, ils ne se décourageront jamais. On peut les voir circuler, sous l'éclairage orangé fantastique des lampes incandescentes. Que feraient-ils d'autre ? Comment quitter la route sur laquelle on se trouve jeté ?

Klaus et Clarisse dans leur Econoline flamboyant, en route vers le mirage de la Floride où ne se reflétera jamais que l'opacité du béton armé et du bitume. Rien n'arrête leur migration. On ne les a jamais incités à croire à l'existence des ancres, des arrêts, alors ils continuent. Ils ne cherchent rien, ils avancent. Élodie et Stie dans la cabine d'une vanne ultramoderne, et leur fille au regard encore vide devant son indiscernable ligne de vie. Ils vont l'emmener avec eux, c'est sûr, elle va les accompagner, quelque temps. Se croiseront-ils à

nouveau, un jour, Élodie et Klaus ? C'est probable, ils se
reverront. Le hasard qui arbitre leurs trajets les ramè-
nera vraisemblablement l'un vers l'autre. Ils se recon-
naîtront alors à leurs signes vitaux, cet amour des
routes, cet instinct de fuite.

Pourquoi ce trajet, quelle route suivre ? Ils ne posent
pas ce genre de questions. Ils essaient d'apprendre
comment suivre la route, chacun la sienne. Chercher
est un prétexte terminé à l'errance qui les déporte.
Attendre ? Oui, c'est peut-être de ça qu'il s'agit maintenant. Au moins ça. Ils marchent, ils croient identifier
des repères dans les alignements de pylônes de haute-
tension, sur les panneaux phosphorescents. Plusieurs
directions s'offrent, également plausibles, vers un point
focal qui bouge, vient de basculer dans l'ombre du réel.
Vers le Sud, maintenant, ils s'en vont.

Leur direction semble s'être modifiée. Oui, la trajectoire s'est divisée, ils se sont enfin séparés. Ça s'est
enfin déchiré. Ils ont dû se rendre si loin vers le Nord,
qu'ils ne peuvent que revenir, maintenant. Mais ils ne
retourneront jamais à l'intérieur de leur maison Usher.
On frôle le centre puis ça dérape, ça repart, on ne
touche plus jamais le point de fusion du début. Spirale
qui les entraîne vers le Sud, maintenant. Une lente
démarche. Ce n'est pas qu'ils croient que ça va changer
quelque chose, cette idée ne leur traverse jamais l'esprit.
Mais ils savent obscurément qu'ils ont modifié la direction du trajet, parcouru suffisamment d'espace pour
que le pouvoir d'attraction du centre n'exerce plus sa
fascination. Ils ont pu se séparer, annuler les sortilèges
qui les liaient. Émergés par leur seule force du lac de lait
où on avait cru pouvoir les oublier, ils ont appris à
circuler. Ils ont accédé à la surface.

Dans le grand souffle des autoroutes électrifiées,
sous l'éclairage intense des lampadaires, dans l'enchevê-

trement moderne des échangeurs de béton, ils continuent. Peu leur importe de se heurter aux balises, de
fréquenter des moteurs. Ils s'arrêtent, de courts moments,
parfois. Dans des restaurants de bord de route automa-
tisés, synthétiques, plastifiés, ils écoutent les musiques
des Amériques, ils mangent, ils ne goûtent rien. Ils ont
enfin perdu le désir du lait. Le leurre d'une halte ne les
trompera jamais.

Ils ne connaissent que des hamburgers, des Cokes,
des suppléments vitaminiques concoctés en usine. Ça
leur suffit. Ils ne photographient pas, ils ne pensent pas,
ils avancent vers l'ailleurs aimanté qui les attire. Ça
circule, autour, partout, les autos, le métal. C'est l'odeur
de l'essence qui les drogue. Ce sont les affiches géantes,
ionisées, qui leur parlent. Leurs tropismes ne corres-
pondent à aucune autre loi que celle d'un éloignement
progressif du centre.

L'éclairage mauve au-dessus des parkings géants, ça
ne leur fait pas peur, ils sont habitués. Ils croient sans
doute que sur d'autres continents, sur d'autres planètes,
c'est semblable. Naïfs, ils croient sans doute que ç'a
toujours été comme ça. Ils ne connaissent ni l'avant, ni
l'après. C'est dans le présent qu'ils déambulent, avec
leurs jeans effilochés, leurs bottes de cuir et leur
havresac, figures minimales dont l'ombre se projette
sur le réel des autoroutes. Leur voix ne porte plus. Leur
tympan s'est désensibilisé aux décibels. Ils n'éprouvent
plus le besoin de parler, ils n'ont vraiment rien de
spécial à dire. Les yeux rivés au ruban, pointillé en
blanc sur le noir de l'asphalte avalé sans fin dans la
goulée des pneus extra-larges, ils écoutent le grésillement
d'une radio. Ils continuent.

Montréal, janvier 1979–septembre 1981

COMPOSÉ AUX ATELIERS
GRAPHITI BARBEAU, TREMBLAY INC.
À SAINT-GEORGES-DE-BEAUCE

Achevé d'imprimer
en avril mil neuf cent quatre-vingt-deux
sur les presses de l'Imprimerie Gagné Ltée
Louiseville - Montréal.
Imprimé au Canada